D0634182

PROCHAIN ÉPISODE

DU MÊME AUTEUR

Trou de mémoire, roman, CLF Pierre Tisseyre, 1968 ;
Bibliothèque québécoise, 1993
L'Antiphonaire, roman, CLF Pierre Tisseyre, 1969 ;
Bibliothèque québécoise, 1993
Point de fuite, essai, CLF Pierre Tisseyre, 1971 ; Bibliothèque québécoise, 1995
Neige noire, roman, La Presse, 1974 ; CLF Pierre Tisseyre, 1978 ; Leméac, 1994
Blocs erratiques, textes (1948-1977), rassemblés et présentés par
René Lapierre, Quinze, 1977
L'Invention de la mort, roman, Leméac, 1991

HUBERT AQUIN

PROCHAIN ÉPISODE

roman

texte établi par Jacques Allard

LEMÉAC

Note de l'éditeur: Le texte de la présente édition est sensiblement conforme à celui de l'édition critique qui paraîtra sous l'égide de l'ÉDAQ, dans laquelle seront précisées les légères modifications apportées au texte de l'édition de 1965 publiée au C.L.F.

DONNÉES DE CATALOGAGE AVANT PUBLICATION (CANADA)

Aquin, Hubert, 1929-1977
Prochain Épisode : roman
(Collection Roman)
Ed. originale : Montréal : Le Cercle du livre de France, 1965.
ISBN 2-7609-3144-7
I. Titre.
PS8501.Q85P7 1992 C843' .54 C92-096070-7
PS9501.Q85P7 1992
PQ3919.2.A68P7 1992

Maquette de la couverture : Claude Lafrance

Éditions Pierre Tisseyre Inc., éditeur original de cet ouvrage.

1126 rue Marie-Anne Est, Montréal, Qc H2J 2B7
Dépôt légal — Bibliothèque nationale du Québec, 1er trimestre 1992

Imprimé au Canada

Tu es donc dans les Alpes ? N'est-ce pas que c'est beau? Il n'y a que cela au monde.

Alfred de Musset

Correspondance de G. Sand et d'Alfred de Musset, E. Deman, Libraire-éditeur, Bruxelles, 1904, p. 40.

Cuba coule en flammes au milieu du lac Léman pendant que je descends au fond des choses. Encaissé dans mes phrases, je glisse, fantôme, dans les eaux névrosées du fleuve et je découvre, dans ma dérive, le dessous des surfaces et l'image renversée des Alpes. Entre l'anniversaire de la révolution cubaine et la date de mon procès, j'ai le temps de divaguer en paix, de déplier avec minutie mon livre inédit et d'étaler sur ce papier les mots clés qui ne me libéreront pas. J'écris sur une table à jeu, près d'une fenêtre qui me découvre un parc cintré par une grille coupante qui marque la frontière entre l'imprévisible et l'enfermé. Je ne sortirai pas d'ici avant échéance. Cela est écrit en plusieurs copies conformes et décrété selon des lois valides et par un magistrat royal irréfutable. Nulle distraction ne peut donc se substituer à l'horlogerie de mon obsession, ni me faire dévier de mon parcours écrit. Au fond, un seul problème me préoccupe vraiment, c'est le suivant : de quelle façon dois-je m'y prendre pour écrire un roman d'espionnage ? Cela se complique du fait que je rêve de faire original dans un genre qui comporte un grand nombre de règles et de lois non écrites. Fort heureusement, une certaine paresse m'incline vite à renoncer d'emblée à renouveler le genre espionnage. J'éprouve une grande sécurité, aussi bien l'avouer, à me pelotonner mollement dans le creuset d'un genre littéraire aussi bien défini. Sans plus tarder, je décide donc d'insérer le roman qui vient dans le sens majeur de la tradition du roman d'espionnage. Et comme il me plairait, par surcroît, de situer l'action à Lausanne, c'est déjà chose faite. J'élimine à toute allure des procédés qui survalorisent le héros agent secret : ni Sphinx, ni Tarzan extra-lucide, ni Dieu, ni Saint-Esprit, mon espion ne doit pas être logique au point que l'intrigue soit dispensée de l'être, ni tellement lucide que je puisse, en revanche, enchevêtrer tout le reste et fabriquer une histoire sans queue ni tête qui, somme toute, ne serait comprise que par un grand dadais armé qui ne communique ses pensées à personne. Et si j'introduisais un agent secret wolof... Tout le monde sait que les Wolofs ne sont pas légion en Suisse romande et qu'ils sont assez mal représentés dans les services secrets. Bien sûr, j'ai l'air de forcer un peu la note et de donner à fond dans le bloc afro-asiatique, de céder au lobby de l'Union Africaine et Malgache. Mais quoi ! si Hamidou Diop me sied, il n'en tient qu'à moi de lui conférer l'investiture d'agent secret, de l'affecter à la M.V.D. section Afrique et de lui confier une mission de contre-espionnage à Lausanne, sans autre raison que de l'éloigner de Genève où l'air est moins salubre. Dès maintenant, je peux réserver pour Hamidou une suite au Lausanne-Palace, le munir de chèques de voyageur de la Banque Cantonale Vaudoise et le constituer Envoyé Spécial (mais faux) de la République du Sénégal auprès des grandes compagnies suisses enclines à faire des placements mobiliers dans le désert. Une fois Hamidou bien protégé par sa fausse identité et installé au Lausanne-Palace, je n'ai plus qu'à faire entrer les agents de la C.I.A. et du M.I.5 dans la danse. Et le tour est joué. Moyennant l'addition de quelques espionnes désirables et la facture algébrique du fil de l'intrigue, je tiens mon affaire. Hamidou s'impatiente, je le sens prêt à faire des folies : somme toute, il est déjà lancé. Mon roman futur est déjà en orbite, tellement d'ailleurs que je ne peux déjà plus le rattraper. Je reste ici figé, bien planté dans mon alphabet qui m'enchaîne ; et je me pose des questions. Écrire un roman d'espionnage comme on en lit, ce n'est pas loyal : c'est d'ailleurs impossible. Écrire une histoire n'est rien, si cela ne devient pas la ponctuation quotidienne et détaillée de mon immobilité interminable et de ma chute ralentie dans cette fosse liquide. L'ennui me guette si je ne rends pas la vie strictement impossible à mon personnage. Pour peupler mon vide, je vais amonceler les cadavres sur sa route, multiplier les attentats à sa vie, l'affoler par des appels anonymes et des poignards plantés dans la porte de sa chambre ; je tuerai tous ceux à qui il aura adressé la parole, même le caissier de l'hôtel, si poli au demeurant. Hamidou en verra de toutes les couleurs, sinon je n'aurai plus le cœur de vivre. Je poserai des bombes dans son entourage et, pour compliquer irrémédiablement le tout, je lui mettrai les Chinois dans les pattes, plusieurs Chinois mais tous pareils : dans toutes les rues de Lausanne, il y aura des Chinois, des hordes de Chinois souriants qui regarderont Hamidou dans le blanc des yeux. L'absorption d'un comprimé de Stellazin m'a distrait, l'espace d'un moment, de la carrière de ce pauvre Hamidou. Dans quinze minutes, ce sera le repas refroidi et, d'interruption en interruption, je parviendrai ainsi jusqu'au coucher, édifiant sans continuité des plans de roman, multipliant les inconnues d'une équation fictive et imaginant, somme toute, n'importe quoi pourvu que cet investissement désordonné me soit rempart contre la tristesse et les vagues criminelles qui viennent me briser avec fracas, en scandant le nom de la femme que j'aime.

Une journée d'hiver, en fin d'après-midi, nous avons roulé dans la campagne d'Acton Vale. Des cercles de neige dispersés sur les coteaux nous rappelaient la neige éblouie qui avait enveloppé notre première étreinte dans l'appartement anonyme de Côte-des-Neiges. Sur cette route solitaire qui va de Saint-Liboire à Upton puis à Acton Vale, d'Acton Vale à Durham-Sud, de Durham-Sud à Melbourne, à Richmond, à Danville, à Chénier qui s'appelait jadis Tingwick, nous nous sommes parlé mon amour. Pour la première fois, nous avons entremêlé nos deux vies dans un fleuve d'inspiration qui coule encore en moi cet après-midi, entre les plages éclatées du lac Léman. C'est autour de ce lac invisible que je situe mon intrigue et dans l'eau même du Rhône agrandi que je plonge inlassablement à la recherche de mon cadavre. La route paisible qui va d'Acton Vale à Durham-Sud, c'est le bout du monde. Dérouté, je descends en moi-même mais je suis incapable de m'orienter, Orient. Emprisonné dans un sous-marin clinique, je m'engloutis sans heurt dans l'incertitude mortuaire. Il n'y a plus rien de certain que ton nom secret, rien d'autre que ta bouche chaude et humide, et que ton corps merveilleux que je réinvente, à chaque instant, avec moins de précision et plus de fureur. Je fais le décompte des jours à vivre sans toi et des chances de te retrouver quand j'aurai perdu tout ce temps : comment faire pour ne pas douter ? Comment faire pour ne pas bénir le suicide plutôt que cette usure atroce ? Tout s'effrite au passé. Je perds la notion du temps amoureux et la conscience même de ma fuite lente, car je n'ai pas de point de repère qui me permette de mesurer ma vitesse. Rien ne se coagule devant ma vitrine : personnages et souvenirs se liquéfient dans l'inutile splendeur du lac alpestre où je cherche mes mots. J'ai déjà passé vingt-deux jours loin de ton corps flamboyant. Il me reste encore soixante jours de résidence sous-marine avant de retrouver notre étreinte interrompue ou de reprendre le chemin de la prison. D'ici là, je suis attablé au fond du lac Léman, plongé dans sa mouvance fluide qui me tient lieu de subconscient, mêlant ma dépression à la dépression alanguie du Rhône cimbrique, mon emprisonnement à l'élargissement de ses rives. J'assiste à ma solution. J'inspecte les remous, je surveille tout ce qui se passe ici ; j'écoute aux portes du Lausanne-Palace et je me méfie des Alpes. L'autre soir à Vevey, je me suis arrêté pour prendre une chope de bière au Café Vaudois. En parcourant au hasard la *Feuille d'Avis* je suis tombé sur un entrefilet que j'ai pris la peine de découper sournoisement. Le voici : « Mardi le 1er août, le professeur H. de Heutz, de l'université de Bâle, donnera une conférence sur "César et les Helvètes" sous les auspices de la Société d'Histoire de la Suisse romande, 7 rue Jacques-Dalcroze, Genève. Peu avant l'équinoxe du printemps de 58, les Helvètes s'étaient réunis au nord du lac Léman, en vue d'un exode massif dans l'ouest de la Gaule chevelue. Cette concentration opérée à quelques milles de Genaba (Genève) avec l'intention de traverser le Rhône sur le pont de cette ville et d'enfreindre ainsi l'intégrité de la Gaule transalpine, détermina la conduite de César. C'est de cette guerre, qui opposa César et les courageux Helvètes, que traitera l'éminent professeur H. de Heutz ». Mystifié en quelque sorte par cette conférence et la corrélation subtile que j'ai décelée entre ce chapitre de l'histoire helvétique et certains éléments de ma propre histoire, j'ai fourré la petite annonce dans mon porte-monnaie et me suis promis de ne pas oublier, le 1er août, d'aller tuer le temps à Genève en tuant quelques milliers d'Helvètes à coups de balistes, histoire de me faire un peu la main.

Le jour commence à décliner. Les grands arbres qui bordent le parc de l'Institut sont irradiés de lumière. Jamais ils ne me sont apparus avec tant de cruauté, jamais encore je ne me suis senti emprisonné à ce point. Désemparé aussi par ce que j'écris, je sens une grande lassitude et j'ai le goût de céder à l'inertie comme on cède à une fascination. Pourquoi continuer à écrire et quoi encore ? Pourquoi tracer des courbes sur le papier quand je meurs de sortir, de marcher au hasard, de courir vers la femme que j'aime, de m'abolir en elle et de l'entraîner avec moi dans ma résurrection vers la mort ? Non, je ne sais plus pourquoi je suis en train de rédiger un casse-tête, alors que je souffre et que l'étau hydrique se resserre sur mes tempes jusqu'à broyer mon peu de souvenirs. Quelque chose menace d'exploser en moi. Des craquements se multiplient, annonciateurs d'un séisme que mes occupations égrenées ne peuvent plus conjurer. Deux ou trois romans censurés ne peuvent pas me distraire du monde libre que j'aperçois de ma fenêtre, et dont je suis exclu. Le tome IX des œuvres complètes de Balzac me décourage particulièrement. « Il s'est rencontré sous l'Empire et dans Paris, treize hommes également frappés du même sentiment, tous doués d'une assez grande énergie pour être fidèles à la même pensée, assez politiques pour dissimuler les liens sacrés qui les unissaient... » Je m'arrête ici. Cette phrase inaugurale de l'*Histoire des Treize* me tue ; ce début fulgurant me donne le goût d'en finir avec ma prose cumulative, autant qu'il me rappelle des liens sacrés — maintenant rompus par l'isolement — qui m'unissaient à mes frères révolutionnaires. Je n'ai plus rien à gagner en continuant d'écrire, pourtant je continue quand même, j'écris à perte. Mais je mens, car depuis quelques minutes je sais bien que je gagne quelque chose à ce jeu, je gagne du temps : un temps mort que je couvre de biffures et de phonèmes, que j'emplis de syllabes et de hurlements, que je charge à bloc de tous mes atomes avoués, multiples d'une totalité qu'ils n'égaliseront jamais. J'écris d'une écriture hautement automatique et pendant tout ce temps que je passe à m'épeler, j'évite la lucidité homicide. Je me jette de la poudre de mots plein les yeux. Et je dérive avec d'autant plus de complaisance qu'à cette manœuvre je gagne en minutes ce que proportionellement je perds en désespoir. Je farcis la page de hachis mental, j'en mets à faire craquer la syntaxe, je mitraille le papier nu, c'est tout juste si je n'écris pas des deux mains à la fois pour moins penser. Et soudain, je retombe sur mes pieds, sain et sauf, plus vide que jamais, fatigué comme un malade après sa crise. Maintenant que le tour est joué, Balzac éliminé, évité le mal de désirer en vain et d'aimer follement la femme que j'aime, maintenant que j'ai découpé ma fureur en notions dévaluées, je suis reposé et je peux lever les yeux sur le paysage englouti, compter les arbres que je ne vois plus et me remémorer les noms des rues de Lausanne. Je peux même, sans aucun trouble, me souvenir de l'odeur de peinture fraîche de ma cellule à la prison de Montréal et des senteurs écœurantes des cellules de la Sûreté Municipale. Maintenant que je me sens dégagé, je me laisse à nouveau reprendre par l'incohérence ; je cède à ce flot improvisé, renonçant plus par paresse que par principe au découpage prémédité d'un vrai roman. Je laisse les vrais romans aux vrais romanciers. Pour ma part, je refuse *illico* d'introduire l'algèbre dans mon invention. Condamné à une certaine incohérence ontologique, j'en prends mon parti. J'en fais même un système dont je décrète l'application immédiate. Infini, je le serai à ma façon et au sens propre. Je ne sortirai plus d'un système que je crée dans le seul but de n'en jamais sortir. De fait, je ne sors de rien, même pas d'ici. Je suis pris, coincé dans une cabine hermétique et vitrée. À travers ma vitre pénitentiaire, je vois une camionnette rouge — suspecte, ma foi — qui me rappelle une autre camionnette rouge stationnée un matin sur l'avenue des Pins, devant la porte cochère des Fusiliers Mont-Royal. Mais voilà que cette tache rouge s'ébranle et disparaît dans la noirceur, me privant ainsi d'un souvenir tonifiant. Bye-Bye Fusiliers Mont-Royal. Adieu aux armes ! Ce calembour inattendu me décourage : j'ai envie de fondre en larmes, je ne sais trop pourquoi. Toutes ces armes volées à l'ennemi, cachées puis découvertes une à une dans la tristesse, toutes ces armes ! Et moi qui suis ici désarmé pour avoir tenu une arme, désarmé aussi devant le soleil ralenti qui s'affaisse silencieusement dans l'Île Jésus ! Si je cède encore au crépuscule, je ne pourrai pas tenir longtemps à mon poste, ni manœuvrer sereinement dans les eaux mortes de la fiction. Si je regarde une fois de plus le soleil évanoui, je n'aurai plus la force de supporter le temps qui coule entre toi et moi, entre nos deux corps allongés sur le calendrier du printemps et de l'été, puis brisés soudain au début du cancer. Fermer les paupières, serrer les doigts sur le stylo, ne pas céder au mal, ne pas croire aux miracles, ni aux litanies que chaque nuit je profère sous le drap, ne pas invoquer ton nom, mon amour. Ne pas le dire tout haut, ne pas l'écrire sur ce papier, ne pas le chanter, ni le crier : le taire, et que mon cœur éclate !

Je respire par des poumons d'acier. Ce qui me vient du dehors est filtré, coupé d'oxygène et de néant, si bien qu'à ce régime ma fragilité s'accroît. Je suis soumis à une expertise psychiatrique avant d'être envoyé à mon procès. Mais je sais que cette expertise même contient un postulat informulé qui confère sa légitimité au régime que je combats et une connotation pathologique à mon entreprise. La psychiatrie est la science du déséquilibre individuel encadré dans une société impeccable. Elle valorise le conformiste, celui qui s'intègre et non celui qui refuse ; elle glorifie tous les comportements d'obéissance civile et d'acceptation. Ce n'est pas seulement la solitude que je combats ici, mais cet emprisonnement clinique qui conteste ma validité révolutionnaire.

Aussi bien relire Balzac ! Je veux m'identifier à Ferragus, vivre magiquement l'histoire d'un homme condamné par la société et pourtant capable, à lui seul, de tenir tête à l'étreinte policière et de conjurer toute capture par ses mimétismes, ses dédoublements et ses déplacements continuels. J'ai rêvé de cela moi aussi, fuyant chaque jour dans un appartement différent, m'habillant avec les vêtements de mes hôtes, masquant mes fuites dans un rituel de parades et de mises en scène. Pour m'être drapé inconsciemment dans les vêtements ocellés de Ferragus, je me retrouve aujourd'hui dans une clinique surveillée, après un séjour sans gloire dans la prison de Montréal. Tout cela ressemble à une formidable tricherie, y compris le mal que je ressens à l'avouer. Plus j'avance dans le désenchantement, plus je découvre le sol aride sur lequel, pendant des années, j'ai cru voir jaillir une végétation mythique, véritable débauche hallucinatoire, inflorescence de mensonge et de style pour masquer la plaine rase, atterrée, brûlée vive par le soleil de la lucidité et de l'ennui : moi ! La vérité désormais ne tolère plus que je l'ensemence d'une forêt de calices. Dévoilée une fois pour toutes, ma face me terrorise. Entré ici prisonnier, je me sens devenir malade de jour en jour. Plus rien n'alimente mon âme : nulle nuit étoilée ne vient transmuer mon désert en une nappe d'ombre et de mystère. Plus rien ne me propose une distraction, ni ne m'offre quelque euphorie de substitution. Tout me déserte à la vitesse de la lumière, toutes les membranes se rompent laissant fuir à jamais le précieux sang.

Entre le 26 juillet 1960 et le 4 août 1792, à mi-chemin entre deux libérations et tandis que je m'introduis, enrobé d'alliage léger, dans un roman qui s'écrit à Lausanne, je cherche avidement un homme qui est sorti du Lausanne-Palace après avoir serré la main de Hamidou Diop. Je me suis faufilé dans le hall de l'hôtel sans me faire remarquer par Hamidou. En exécutant un paso doble, je me suis trouvé en une fraction de seconde devant l'hôtel, juste à temps pour voir une 300 SL s'éloigner en direction de la place Saint-François. Quelque chose me dit que cette silhouette filante n'a pas surgi du sahel sénégalais et que, dans cette affaire, Hamidou joue double. Inutile en tout cas de le questionner sur l'identité de son interlocuteur et de lui faire part de mes intuitions téméraires. Ce bel Africain est plus rusé qu'un Chinois. Avec sa loquacité débordante et sa négritude sportive, il masque trop bien ses ruses et son intelligence redoutable.

Tout en faisant ces considérations sur la duplicité subtile de mon héros, je marchais lentement en remontant la rue de Bourg ; et je suis entré au cinéma de la place Benjamin-Constant pour revoir *Orfeu Negro*. En écoutant Felicidade, je me suis mis à pleurer. Je ne sais pourquoi cette chanson de bonheur me parle mélancolie, ni pourquoi cette joie frêle se traduit en moi par des accords funèbres. Alors, plus rien ne me retient d'appeler ma noire Eurydice, de la chercher dans la nuit interminable, ombre entre les ombres d'un sombre carnaval, nuit plus noire que la nuit saturnale, nuit plus douce que la nuit que nous avons passée ensemble quelque part sous le tropique natal un certain 24 juin. Eurydice, je descends. Me voici enfin. À force de t'écrire, je vais te toucher ombre noire, noire magie, amour. Le cinéma Benjamin-Constant m'est chute libre. Ce soir même, à quelques lieues de l'Hôtel de la Paix, siège social du F.L.N., à quelques pas de la prison de Montréal, siège obscur du F.LQ., je frôle ton corps brûlant et je le perds aussitôt, je te reconstitue mais les mots me manquent. La nuit historique semble sécréter l'encre de Chine dans laquelle je distingue trop de formes fuyantes qui te ressemblent et ne sont jamais toi. Au terme de ma décadence liquide, je toucherai le pays bas, notre lit de caresses et de convulsions. Mon amour... J'ai le vertige. Je finis par avoir peur de chaque silhouette, de mes voisins au cinéma, de cet étranger qui me cache le profil mulâtre d'Eurydice, de ces gens qui attendent sur le trottoir à la sortie du cinéma.

Je me suis précipité à travers tout ce monde agglutiné et j'ai traversé la place Benjamin-Constant. Et tandis que je longeais la façade illuminée de l'Hôtel de la Paix, j'ai regardé dans l'autre direction, le contour dentelé des Alpes de Savoie et la nappe marbrée du lac. Il était onze heures quinze. J'avais perdu ma journée. Je n'avais plus rien à faire, personne à rencontrer, aucun espoir de retrouver l'homme à qui Hamidou a serré la main dans le hall du Lausanne-Palace. Nonchalamment je suis rentré à l'hôtel. On m'a remis la clé de ma chambre et un papier bleu scellé. Je l'ai décacheté rapidement et, ne comprenant rien à ce qui était écrit, je l'ai mis dans ma poche pour ne pas me faire remarquer du garçon d'ascenseur. Aussitôt enfermé dans ma chambre, je me suis étendu sur mon lit et j'ai relu cet amas informe de lettres majuscules écrites sans espacement : CINBEUPERFLEUDIARUNCOBESCUBEREBESCUAZURANOCTIVAGUS. Devant ce cryptogramme monophrasé, je restai perplexe quelques minutes, puis je résolus de procéder d'abord à une statistique alphabétique, par ordre de récurrence, ce qui m'a donné : E 7 fois ; U 7 ; R 5 ; B, A et C 4 fois ; S 3 ; I 3 ; O 2 ; G 2 ; P, F, L, V et Z une seule fois. La prédominance flagrante de la voyelle U a de quoi mystifier. Je ne connais pas de langue où l'épiphanie de cette voyelle soit aussi nombreuse. Même en portugais et en roumain, où foisonnent les U, on ne détecte pas une prédominance du U sur les autres voyelles.

Le cryptogramme de l'Hôtel de la Paix ne cesse de me fasciner non seulement par son origine mystérieuse (qui n'a rien à voir avec le Bureau dont je connais par cœur tous les chiffres et même leurs variantes), mais aussi par l'intention qui a présidé à l'envoi de ce message. En butant sur cette équation à multiples inconnues que je dois résoudre avant d'aller plus avant dans mon récit, j'ai le sentiment de me trouver devant le mystère impénétrable par excellence. Plus je le cerne et le crible, plus il croît au-delà de mon étreinte, décuplant ma propre énigme lors même que je multiplie les efforts pour la saisir. Je n'arrive pas à réinventer le code de ce message ; et faute de le traduire dans mon langage, j'écris dans l'espoir insensé qu'à force de paraphraser l'innommable, je finirai par le nommer. Pourtant, j'ai beau couvrir de mots ce hiéroglyphe, il m'échappe et je demeure sur l'autre rive, dans l'imprécision et le souhait. Coincé dans ma sphère close, je descends, comprimé, au fond du lac Léman et je ne parviens pas à me situer en dehors de la thématique fluante qui constitue le fil de l'intrigue. Je me suis enfermé dans un système constellaire qui m'emprisonne sur un plan strictement littéraire, à tel point d'ailleurs que cette séquestration stylistique me paraît confirmer la validité de la symbolique que j'ai utilisée dès le début : la plongée. Encaissé dans ma barque funéraire et dans mon répertoire d'images, je n'ai plus qu'à continuer ma noyade écrite. Descendre est mon avenir, plonger ma gestuaire unique et ma profession. Je me noie. Je m'ophélise dans le Rhône. Ma longue chevelure manuscrite se mêle aux plantes aquatiles et aux adverbes invariables, tandis que je glisse, variable, entre les deux rives échancrées du fleuve cisalpin. Ainsi, coffré en bonne et due forme dans mon concept métallique, sûr de n'en pas sortir mais incertain d'y vivre longtemps, je n'ai qu'une chose à faire : ouvrir mes yeux, voir follement ce monde déversé, poursuivre jusqu'au bout celui que je cherche, et le tuer.

Tuer ! Quelle splendide loi à laquelle il fait bon parfois se conformer. Pendant des mois, je me suis préparé intérieurement à tuer, le plus froidement possible et avec le maximum de précision. Ce dimanche matin où il pleuvait, je me préparais secrètement à frapper. Mon cœur battait régulièrement, mon esprit était clair, agile, précis comme doit l'être une arme à feu. Les mois et les mois qui avaient précédé m'avaient vraiment transformé. Et c'est avec un sentiment aigu de la gravité de mon attentat et avec des réflexes parfaitement dressés que j'inaugurais cette journée de noce noire. Soudain vers dix heures trente la rupture s'est produite. Arrestation, menottes, interrogatoire, désarmement. Contretemps total, cet accident banal qui m'a valu d'être emprisonné est un événement anti-dialectique et la contradiction flagrante du projet inavoué que j'allais exécuter l'arme au poing et dans l'euphorie assainissante du fanatisme. Tuer confère un style à l'existence. C'est ce possible continuellement présent qui, par son insertion inavouable dans la vie courante, injecte à celle-ci le tonus sans quoi elle se résume à une reptation asthénique et à l'interminable expérimentation de l'ennui. Après mon procès et ma libération, je ne puis imaginer ma vie en dehors de l'axe homicide. Déjà, je brûle d'impatience en pensant à l'attentat multiple, geste pur et fracassant qui me redonnera le goût de vivre et m'intronisera terroriste, dans la plus stricte intimité. Que la violence instaure à nouveau dans ma vie l'ordre vital, car il me semble que, depuis trente-quatre ans, je n'ai pas vécu sinon comme l'herbe. Si je faisais le compte, par une computation rapide, des baisers donnés, de mes grandes émotions, de mes nuits d'émerveillement, de mes journées lumineuses, des heures privilégiées et de ce qui me reste des grandes découvertes ; et si j'additionnais, sur une infinité de cartes postales perforées, les villes que j'ai traversées, les hôtels où je me suis arrêté pour un bon repas ou pour une nuit d'amour, le nombre de mes amis et des femmes que j'ai trahies, à quel sombre inventaire toutes ces opérations arythmales me conduiraient-elles ? La courbe sinusoïdale du vécu ne traduit pas l'espoir ancien. J'ai dévoyé sans cesse ma ligne de vie, pour obtenir, par une accumulation d'indignités, moins de bonheur, ce qui m'a entraîné à en redonner moins que rien. Devant cette statistique infuse qui me hante soudain avec accompagnement de lassitude, je n'imagine rien de mieux que continuer d'écrire sur cette feuille et plonger sans espoir dans le lac fantôme qui m'inonde. Descendre mot à mot dans ma fosse à souvenirs, tenter d'y reconnaître quelques anciens visages blessés, inventer d'autres compagnons qui déjà me préoccupent, m'entraînent dans un nœud de fausses pistes et finiront par m'exiler, une fois pour toutes, hors de mon pays gâché.

Entre un certain 26 juillet et la nuit amazonique du 4 août, quelque part entre la prison de Montréal et mon point de chute, je décline silencieusement en résidence surveillée et sous l'aile de la psychiatrie viennoise ; je me déprime et me rends à l'évidence que cet affaissement est ma façon d'être. Pendant des années, j'ai vécu aplati avec fureur. J'ai habitué mes amis à un voltage intenable, à un gaspillage d'étincelles et de courts-circuits. Cracher le feu, tromper la mort, ressusciter cent fois, courir le mille en moins de quatre minutes, introduire le lance-flammes en dialectique, et la conduite-suicide en politique, voilà comment j'ai établi mon style. J'ai frappé ma monnaie dans le vacarme à l'image du surhomme avachi. Pirate déchaîné dans un étang brumeux, couvert de Colts 38 et injecté d'hypodermiques grisantes, je suis l'emprisonné, le terroriste, le révolutionnaire anarchique et incontestablement fini ! L'arme au flanc, toujours prêt à dégainer devant un fantôme, le geste éclair, la main morte et la mort dans l'âme, c'est moi le héros, le désintoxiqué ! Chef national d'un peuple inédit ! Je suis le symbole fracturé de la révolution du Québec, mais aussi son reflet désordonné et son incarnation suicidaire. Depuis l'âge de quinze ans, je n'ai pas cessé de vouloir un beau suicide : sous la glace enneigée du lac du Diable, dans l'eau boréale de l'estuaire du Saint-Laurent, dans une chambre de l'Hôtel Windsor avec une femme que j'ai aimée, dans l'auto broyée l'autre hiver, dans le flacon de Beta-Chlor 500 mg, dans le lit du Totem, dans les ravins de la Grande-Casse et de Tour d'Aï, dans ma cellule CG19, dans mes mots appris à l'école, dans ma gorge émue, dans ma jugulaire insaisie et jaillissante de sang ! Me suicider partout et sans relâche, c'est là ma mission. En moi, déprimé explosif, toute une nation s'aplatit historiquement et raconte son enfance perdue, par bouffées de mots bégayés et de délires scripturaires et, sous le choc noir de la lucidité, se met soudain à pleurer devant l'immensité du désastre et de l'envergure quasi sublime de son échec. Arrive un moment, après deux siècles de conquêtes et trente-quatre ans de tristesse confusionnelle, où l'on n'a plus la force d'aller au-delà de l'abominable vision. Encastré dans les murs de l'Institut et muni d'un dossier de terroriste à phases maniaco-spectrales, je cède au vertige d'écrire mes mémoires et j'entreprends de dresser un procès-verbal précis et minutieux d'un suicide qui n'en finit plus. Vient un temps où la fatigue effrite les projets pourtant irréductibles et où le roman qu'on a commencé d'écrire sans système se dilue dans l'équanitrate. Le salaire du guerrier défait, c'est la dépression. Le salaire de la dépression nationale, c'est mon échec ; c'est mon enfance dans une banquise, c'est aussi les années d'hibernation à Paris et ma chute en ski au fond du Totem dans quatre bras successifs. Le salaire de ma névrose ethnique, c'est l'impact de la monocoque et des feuilles d'acier lancées contre une tonne inébranlable d'obstacles. Désormais, je suis dispensé d'agir de façon cohérente et exempté, une fois pour toutes, de faire un succès de ma vie. Je pourrais, pour peu que j'y consente, finir mes jours dans la torpeur feutrée d'un institut anhistorique, m'asseoir indéfiniment devant dix fenêtres qui déploient devant mes yeux dix portions équaniles d'un pays conquis et attendre le jugement dernier où, étant donné l'expertise psychiatrique et les circonstances atténuantes, je serai sûrement acquitté.

Ainsi, muni d'un dossier judiciaire à appendice psychiatrique, je peux me consacrer à écrire page sur page de mots abolis, agencés sans cesse selon des harmonies qu'il est toujours agréable d'expérimenter, encore que cela, à la limite, peut ressembler à un travail. Mais cet effort milligrammé avec soin n'est pas nocif, ni contre-indiqué, à condition bien sûr que les périodes d'écriture soient brèves et suivies de périodes de repos. Rien n'empêche le déprimé politique de conférer une coloration esthétique à cette sécrétion verbeuse ; rien ne lui interdit de transférer sur cette œuvre improvisée la signification dont son existence se trouve dépourvue et qui est absente de l'avenir de son pays. Pourtant, cet investissement à fonds perdus a quelque chose de désespéré. C'est terrible et je ne peux plus me le cacher : je suis désespéré. On ne m'avait pas dit qu'en devenant patriote, je serais jeté ainsi dans la détresse et qu'à force de vouloir la liberté, je me retrouverais enfermé. Combien de secondes d'angoisse et de siècles de désemparement faudra-t-il que je vive pour mériter l'étreinte finale du drap blanc ? Plus rien ne me laisse croire qu'une vie nouvelle et merveilleuse remplacera celle-ci. Condamné à la noirceur, je me frappe aux parois d'un cachot qu'enfin, après trente-quatre ans de mensonges, j'habite pleinement et en toute humiliation. Je suis emprisonné dans ma folie, emmuré dans mon impuissance surveillée, accroupi sans élan sur un papier blanc comme le drap avec lequel on se pend.

Entre le 26 juillet cubain et la nuit lyrique du 4 août, entre la place de la Riponne et la pizzeria de la place de l'Hôtel-de-Ville, à Lausanne, j'ai rencontré une femme blonde dont j'ai reconnu instantanément la démarche majestueuse. Le bonheur que j'ai éprouvé à cet instant retentit encore en moi tandis qu'attablé dans cette pizzeria lausannoise, rendez-vous des maçons du Tessin, je me laisse aller à la tristesse qui m'engourdit progressivement depuis que je suis ressorti de mon hôtel où je n'ai fait que passer quelques minutes stériles après être allé au cinéma Benjamin-Constant. C'est dans cette pizzeria que j'ai échoué.

Et quand le juke-box émit pour la troisième fois les premiers accords de *Desafinado*, je n'en pouvais plus de nostalgie. Je me suis dégagé du comptoir au rythme des guitares afro-brésiliennes et j'ai réglé mon addition à la caisse. Et me voici à nouveau dans cette nuit antérieure, étranglé une fois de plus dans l'étau de la rue des Escaliers-du-Marché que je remonte comme si cette dénivellation avait la vertu de compenser ma chute intérieure. C'est à quelques pas de la place de la Riponne et me dirigeant vers elle, que j'ai aperçu la chevelure léonine de K. En pressant le pas, je me suis vite trouvé à côté d'elle, tout près de son visage détourné. Comme je craignais de la faire fuir par la soudaineté de mon approche, je me suis empressé de conjurer un malentendu et j'ai prononcé son prénom, avec une inflexion qu'elle se devait de reconnaître. C'est alors que l'événement merveilleux, notre rencontre, s'est produit, alors même que nous approchions tous deux de la grande esplanade de la place de la Riponne. Nous avons tourné sur notre gauche, après avoir découvert la colonnade sombre de l'université et le bonheur aveuglant de nous retrouver. Je ne me souviens plus de l'itinéraire que nous avons suivi après ni quelles rues sombres nous avons parcourues lentement, K et moi, avant de nous arrêter un moment sur le Grand-Pont, juste au-dessus de la *Gazette de Lausanne* et face à la masse sombre du Gouvernement cantonal qui nous cachait le lac Léman et le spectre des Alpes. Douze mois de séparation, de malentendus et de censure s'achevaient magiquement par ce hasard : quelques mots réappris, le frôlement de nos deux corps et leur nouvelle attente. Douze mois d'amour perdu et de langueurs se sont abolis dans le délire fondamental de cette rencontre inespérée et de notre amour fou, emporté à nouveau vers la haute vallée du Nil, dans une dérive voluptueuse entre Montréal et Toronto, le chemin de la Reine-Marie et le cimetière des Juifs portugais, de nos chambres lyriques de Polytechnique à nos rencontres fugaces à Pointe-Claire, quelque part entre un 26 juillet violent et un 4 août funèbre, anniversaire double d'une double révolution : celle qui a commencé dangereusement et l'autre, secrète, qui est née dans nos baisers et par nos sacrilèges.

Notre vie a déjà tenu dans quelques serments voluptueux et tristes échangés dans une auto stationnée à l'île Sainte-Hélène, près des casernes, par un soir de pluie. Avant de te rencontrer, je n'en finissais plus d'écrire un long poème. Puis un jour, j'ai frémi de te savoir nue sous tes vêtements ; tu parlais, mais je me souviens de ta bouche seulement. Toi tu parlais en attendant et moi j'attendais. Nous étions debout, tes cheveux s'emmêlaient dans l'eau-forte de Venise par Clarence Gagnon. C'est ainsi que j'ai vu Venise, au-dessus de ton épaule, noyée dans tes yeux bruns, et en te serrant contre moi. Je n'ai pas besoin d'aller à Venise pour savoir que cette ville ressemble à ta tête renversée sur le mur du salon, pendant que je t'embrassais. Ta langueur me conduit à notre étreinte interdite, tes grands yeux sombres à tes mains humides qui cherchent ma vérité. Qui es-tu, sinon la femme finie qui se déhanche selon les strophes du désir et mes caresses voilées ? Dans notre plaisir apostasié, germaient tous nos projets révolutionnaires. Et voilà que par une nuit de plein été, quelque part entre le vieux Lausanne et son port médiéval, sur la ligne médiane qui sépare deux jours et deux corps, nous retrouvons notre ancienne raison de vivre et d'avoir mille fois souhaité mourir plutôt que d'affronter la séparation cruelle dont la terminaison subite nous a inondés de joie.

Nous avons marché longtemps cette nuit-là, jusqu'à ce que la vallée tout entière du Rhône s'emplisse de soleil et que, petit à petit, l'ancien port d'Ouchy résonne du bruit des moteurs et du travail, et que les garçons disposent les chaises sur la terrasse de l'Hôtel d'Angleterre où Byron, en une seule nuit dans le bel été de 1816, a écrit *le Prisonnier de Chillon*. Nous nous sommes attablés à la terrasse de l'Hôtel d'Angleterre pour prendre un petit déjeuner et garder le silence à la hauteur du miroir liquide qu'une haleine brumeuse voilait encore. Après douze mois de séparation et douze mesures d'impossibilité de vivre un mois de plus, après une nuit de marche depuis la place de la Riponne jusqu'au niveau du lac antique et à la première heure de l'aube, nous sommes montés dans une chambre de l'Hôtel d'Angleterre, peut-être celle où Byron a chanté Bonnivard qui s'était jadis abîmé dans une cellule du château de Chillon. K et moi, inondés de la même tristesse inondante, nous nous sommes étendus sous les draps frais, nus, anéantis voluptueusement l'un par l'autre, dans la splendeur ponctuelle de notre poème et de l'aube. Notre étreinte aveuglante et le choc incantatoire de nos deux corps me terrassent encore ce soir, tandis qu'au terme de cette aube incendiée je me retrouve couché seul sur une page blanche où je ne respire plus le souffle chaud de ma blonde inconnue, où je ne sens plus son poids qui m'attire selon un système copernicien et où je ne vois plus sa peau ambrée, ni ses lèvres inlassables, ni ses yeux sylvestres, ni le chant pur de son plaisir. Désormais seul dans mon lit paginé, j'ai mal et je me souviens de ce temps perdu retrouvé, passé nu dans la plénitude occulte de la volupté.

Les rythmes déhanchés de *Desafinado* qui éclatent par surprise dans le Multivox me hissent au niveau du lac amer où j'ai retrouvé l'aube de ton corps, dans une seule étreinte bouleversante, et me ramènent à ton rivage membrané où j'aurais mieux fait de mourir alors, car je meurs maintenant. Ce matin-là c'était le beau temps, celui de la jointure exaltée de deux jours et de nos deux corps. Oui, c'était l'aube absolue, entre un 26 juillet qui s'évaporait au-dessus du lac et la nuit immanente de la révolution. Les mots qui s'encombrent en moi n'arrêtent pas le ruisseau clair du temps fui de fuir en cascades jusqu'au lac. Le temps passé repasse encore plus vite qu'il n'avait passé ce matin-là, dans notre chambre de l'Hôtel d'Angleterre avec vue sur le glacier disparu du Galenstock qui descendait un jour sur la terrasse de l'hôtel à l'endroit même où K et moi nous nous étions assis à l'aube. Glacier fui, amour fui, aube fugace et interglaciaire, baiser enfui très loin sur l'autre rive et loin aussi de la vitre embuée de mon bathyscaphe qui plonge à pic sous la fenêtre de la chambre où Byron a pleuré dans les stances à Bonnivard et moi dans la chevelure dorée de la femme que j'aime.

Ce soir, si je dérive dans le lit du grand fleuve soluble, si l'Hôtel d'Angleterre se désagrège dans le tombeau liquide de ma mémoire, si je n'espère plus d'aube au terme de la nuit occlusive et si tout s'effondre aux accords de *Desafinado*, c'est que j'aperçois, au fond du lac, la vérité inévitable, partenaire terrifiant que mes fugues et mes parades ne déconcertent plus. Au fond de cette liquidité inflationnelle, l'ennemi innommé qui me hante me trouve nu et désarmé comme je l'ai été dans l'étreinte vénérienne qui nous a confirmés à jamais, K et moi, propriétaires insaisissables de l'Hôtel d'Angleterre, qui se trouve à mi-chemin entre le château de Chillon et la villa Diodati, Manfred et la future libération de la Grèce. Que vienne l'ennemi global que j'attends en dépérissant ! Que l'affrontement se produise et qu'advienne enfin l'accomplissement de la vérité qui me menace. Ou alors qu'on me libère au plus vite et sans autre forme, moi, prisonnier sans poète qui me chante. Et je me noierai une fois de plus, au fond d'un lit chaud et défait, dans le corps brûlant de celle qui m'a gorgé d'amour entre la nuit d'un hasard et la nuit seconde, entre le fond noir du lac de Genève et sa surface héliaque. Les mots de trop affluent devant ma vitre, engluent ce périmètre de mémoire dans l'obscuration, et je chavire dans mon récit. L'Hôtel d'Angleterre, était-ce un 24 juin ou un 26 juillet ; et cette masse chancelante qui obstrue mon champ de vision, est-ce la prison de Montréal ou le château de Chillon, cachot romantique où le patriote Bonnivard attend toujours la guerre révolutionnaire que j'ai fomentée sans poésie ? Entre cette prison lacustre et la villa Diodati, près de Genève, dans une chambre divine d'un hôtel de passage où Byron s'est arrêté, j'ai réinventé l'amour. J'ai découvert un soleil éclipsé par douze mois de séparation et qui, ce matin-là, s'est levé entre nos deux corps assemblés, réchauffant le milieu suprême de notre lit pour jaillir enfin, éclatant et intolérable, dans le lac antique qui dévalait glorieusement de nos deux ventres. Ah ! qu'on me rende la chambre soleil et notre amour, car tout me manque et j'ai peur ! Que se passe-t-il donc en moi qui fasse trembler le granit alpestre ? Le papier se dérobe sous mon poids comme le lac fluviatile. La dépression me déminéralise insidieusement. Mer de glace je deviens lave engloutissante, miroir à suicide. Trente deniers, et je me suicide ! En fait, je réduirais encore le prix pour me couper avec un morceau de vitre : et j'en aurais fini avec la dépression révolutionnaire ! Oui, finies la maladie honteuse du conspirateur, la fracture mentale, la chute perpétrée dans les cellules de la Sûreté. Finis le projet toujours recommencé d'un attentat et le plaisir indécent de marcher dans la foule des électeurs en serrant la crosse fraîche de l'arme automatique qu'on porte en écharpe ! Et que je vole enfin ! Que je me promène encore incognito et impuni au hasard des rues qui s'échappent de la place de la Riponne et ruissellent en serpentant jusqu'aux rives de Pully et d'Ouchy pour se mêler au grand courant de l'histoire et disparaître, anonymes et universelles, dans le fleuve puissant de la révolution !

Seul m'importe ce laps de temps entre la nuit de la haute ville et l'aube révolutionnaire qui a foudroyé nos corps dans une chambre où Byron, pour une nuit écrite, s'est arrêté entre Clarens et la villa Diodati, en route déjà pour une guerre révolutionnaire qui s'est terminée dans l'épilepsie finale de Missolonghi. Seul m'importe ce chemin de lumière et d'euphorie. Et notre étreinte du lever du jour, lutte serrée, longue mais combien précise qui nous a tués tous les deux, d'une même syncope, en nous inondant d'un pur sang de violence !

Je ne veux plus vivre ici, les deux pieds sur la terre maudite, ni m'accommoder de notre cachot national comme si de rien n'était. Je rêve de mettre un point final à ma noyade qui date déjà de plusieurs générations. Au fond de mon fleuve pollué, je me nourris encore de corps étrangers, j'avale indifféremment les molécules de nos dépressions séculaires, et cela m'écœure. Je m'emplis de père en fils d'anticorps ; je me saoule, fidèle à notre amère devise, d'une boisson nitrique qui fait de moi un drogué.

Il était près de six heures quand nous avons quitté notre chambre à l'Hôtel d'Angleterre. Le soleil, principe de notre amour et de notre ivresse, commençait déjà à se voiler derrière les Cornettes de Bise, vidant ainsi la grande vallée de sa signification. Mais en nous, l'astre brûlait encore de son éclat hypogique. Nous sommes descendus sur le quai des Belges, nous mêlant nonchalamment aux travailleurs et aux amoureux. Puis, nous nous sommes approchés plus près du lac encore. Nous avons arpenté, ivres de notre ivresse révolue, la grande jetée et le quai. Le vapeur Neuchâtel se trouvait amarré, entouré d'une foule bruyante et gaie. Nous nous sommes assis, à quelque distance du bateau blanc et de la foule, sur l'enfilade décroissante de rochers qui émergent de l'eau bleue du lac Léman. Que ce paysage m'emprisonne encore dans sa belle invraisemblance, et je mourrai sans amertume ! Qu'une fois de plus, à la fin du jour, je puisse flâner avec K, la main dans la main, sur les rives d'Ouchy, marcher en équilibre instable sur ces rochers érodés et m'asseoir tout près de K, si près que ses cheveux crépusculaires effleurent ma joue ! Car je délirais, en cet endroit précis, le dos tourné à la ville en gradins et face à la profondeur déchirée des grandes montagnes, tout près, oui tout près de la femme délivrée qui marchait sur les eaux et que j'aime ! De quoi donc était fait notre bonheur en cet instant où nous contemplions ses reflets assombris dans les cyprès qui camouflaient le vapeur Neuchâtel, dans l'eau sereine du lac et dans l'alpe nombreuse dont les flancs éblouis surgissaient devant nous ? De quoi ce temps fui était-il plein, sinon peut-être du long voyage ardent qui l'avait précédé et de l'explosion récente de notre plaisir : douze mois et une nuit de chute entre la place de la Riponne, et l'aube révolutionnaire qui a bouleversé le ciel, la chaîne tout entière des Alpes, visibles et invisibles, et nos corps réunis en 1816. Pendant que nous devenions l'épicentre d'un univers grandiose, une sérénité accomplie succédait à la déchirure du plaisir. En cet instant, sur ces rochers oubliés par l'érosion et au milieu de notre éblouissement, plus rien ne faisait obstacle à mon euphorie : je dérivais dans la plénitude. J'avais reçu l'investiture de l'amour et de l'aube. Quelque chose de glorieux opérait en moi, pendant que le soleil épuisé descendait avec les eaux du Rhône et que K, frileuse ou mélancolique peut-être, se rapprochait tendrement de moi.

C'est alors que nous sommes revenus vers la ville rembrunie. Nous avons fait quelques pas en direction de l'Hôtel d'Angleterre, sans nous rendre jusqu'à sa terrasse débordante de clients. Nous nous sommes attablés à la terrasse du Château d'Ouchy, tournant ainsi le dos au soleil décliné, regardant sur notre gauche le littoral des grands hôtels et à notre droite les Alpes ténébreuses qui flottaient sur le lac. C'est précisément à cette table, devant un gin-tonic et la grande perspective qui s'engouffre à l'infini dans les Alpes lépontiennes, que K m'a parlé de la Mercedes 300 SL à indicatif du canton de Zurich. Perdu dans les yeux noirs de K, j'arrivais mal à suivre avec attention les révélations compliquées qu'elle me faisait, d'autant que je contemplais avec émotion ses lèvres pleines et que je m'amusais à réentendre ses phrases longues, souvent énigmatiques, qui m'étaient pourtant familières.

— C'est un banquier, m'a-t-elle dit.

— J'ai déjà oublié son nom...

— Carl von Ryndt. Mais ne te fie pas à son nom, bien entendu... pas plus qu'à sa profession. Il est banquier comme il y en a des milliers en Suisse. À Bâle, il y a quelques mois, il s'appelait de Heute ou de Heutz. Il se présentait alors comme Belge (il affectait même un accent brabançon) et travaillait à une thèse sur Scipion l'Africain...

— Mystifiant !

— Mais attends la suite. Pierre — enfin, le patron — l'a fait surveiller soigneusement et ce n'est pas facile de suivre un oiseau de ce genre. Je te fais grâce du détail des hypothèses historiques sur lesquelles il fonde sa thèse. C'est quelque chose d'affolant, crois-moi, que de se donner une couverture pareille : c'est à peu près aussi compliqué que de se faire passer pour nonce apostolique et d'aller jusqu'à dire une messe pontificale avec diacre et sous-diacre... Von Ryndt, en tout cas, ne m'étonnera plus. À Bâle, il est si bien entré dans la peau de l'historien des guerres romaines, qu'il est allé jusqu'à donner des conférences sur Scipion l'Africain devant des sociétés savantes. En fait, on le sait aujourd'hui, von Ryndt doit travailler à une thèse qui a été faite par un illustre inconnu il y a un siècle ! Il se rend moins souvent à la bibliothèque de l'université que dans l'annexe du Palais fédéral à Berne, sous prétexte de poursuivre ses recherches dans la capitale fédérale : von Ryndt a joué longtemps à l'historien belge très studieux et hautement spécialisé dans une période généralement inconnue de l'histoire romaine. De Heute ou de Heutz — enfin, le double de von Ryndt — s'est révélé, au terme de notre enquête, un homme incroyable d'astuce, mais carrément dangereux pour nous... Tu sais, depuis que j'ai obtenu ma séparation, je vois les choses plus froidement qu'avant. À vrai dire, j'ai changé ma philosophie de l'existence, en faisant de la mienne un gâchis... À quoi penses-tu ? On dirait que tu es triste soudain... Le désastre ne me fait plus peur désormais. J'ai le sentiment que je ne traverserai jamais de période aussi noire que les douze derniers mois que j'ai passés dans des chambres d'hôtel de Manchester, Londres, Bruxelles, Berne ou Genève, en transit dans chaque ville et obligée de garder la face. Je crois que j'ai fait une grande dépression : j'ai pris quelques médicaments à l'occasion, mais je ne me suis jamais fait traiter. Maintenant, c'est fini. Comment me trouves-tu ? Regarde comme c'est merveilleux sur le lac en ce moment. Si j'étais millionnaire, j'achèterais une villa tout près d'ici, sur le bord du lac. Quand je serais déprimée, je ne bougerais pas de ma villa et je regarderais les montagnes, comme on fait en ce moment...

— Dans les environs de Vevey, c'est merveilleux. Tu connais Clarens ? Non... Ou, peut-être, sur la rive entre Saint-Prex et Allaman, mais je rêve moi aussi. Nous ne serons jamais millionnaires à moins de rafler les fonds de l'organisation et d'ajouter à cela une série de hold-up impunis... et encore, si un jour je deviens millionnaire, ce ne sera pas pour engloutir mon capital dans un chalet suisse. J'aimerais mieux m'ouvrir un crédit à la Fabrique Nationale ou à Solingen...

— Tu as raison. Il n'y a pas de retraite dorée pour nous, ni même de vie paisible, tant que ce sera impossible de vivre normalement dans notre pays. Ce soir, je suis à Lausanne. Dans quelques jours, l'organisation m'enverra dans une autre ville...

J'étais perdu dans son regard, lac noir où le matin même j'avais vu le soleil émerger, nu et flamboyant. J'étais triste de la tristesse de K, heureux quand elle semblait l'être, et je redevenais révolutionnaire quand elle évoquait la révolution qui nous avait réunis et qui m'obsède encore, inachevée...

— Il a été vu trois fois à Montréal, à notre connaissance, au cours des six derniers mois. Nous avons la preuve qu'il s'est mis en relation avec Gaudy, et que ce von Ryndt (ou le Belge) est l'émissaire de Gaudy en Europe. Tu comprends maintenant ?

— Là je comprends... Et, au point où en sont les choses, je ne m'attarderais pas une seconde de plus à me rendre à l'évidence, je passerais à l'action. Seulement, pendant qu'on en parle, von Ryndt a peut-être une fois de plus changé de nom...

K m'a regardé longuement, avec défi et amour à la fois. Nous nous sommes compris ; et elle a enchaîné tout simplement :

— Dans les vingt-quatre heures, il faut régler ce problème... Tu ne crois pas ? Mais il faut que je te parle un peu de lui encore. Von Ryndt est président de la Banque Commerciale Saharienne, 13 ou 14 rue Bonnivard, à Genève. De plus, il siège au conseil d'administration de l'Union de Banques Suisses. Je passe sur un certain type de corrélation qui existe entre l'U.B.S. et les Services Secrets de Berne. Mais tu connais la puissance de l'U.B.S. comme lobby fédéral, et tu sais comme moi que l'article 47 B de la constitution fédérale qui garantit l'anonymat de ceux qui se servent de la Suisse comme d'un coffret de sûreté, peut, à un certain niveau et fort discrètement, être enfreint. Somme toute, von Ryndt est un voyant qui connaît certains fonds secrets, ceux de l'organisation par exemple, et qui par conséquent peut arriver à les geler en supprimant tout simplement les quelques patriotes qui y ont légalement accès. Il est même permis de croire que pour chaque dépôt que nous faisons dans une banque suisse, il doit y avoir un bordereau en duplicata qui, par les bons soins de von Ryndt, est déposé aux archives de la R.C.M.P. à Ottawa, à Montréal, et peut-être même chez nos « amis » de la C.I.A. Et comme le séjour de tous les étrangers sur le sol suisse fait l'objet d'une fiche minutieuse, von Ryndt et ses collègues peuvent en arriver, avec un peu de méthode, à savoir lequel de nous effectue les virements et ainsi de suite...

— Carl von Ryndt, Banque Commerciale Saharienne, 13 rue Bonnivard, Mercedes 300 SL à indicatif du canton de Zurich. Je retiens cela. Mais cette Banque Commerciale Saharienne, elle existe vraiment ou bien c'est comme notre Laboratoire de Recherches Pharmacologiques S.A. ?

K m'a donné toutes les coordonnées de l'homme aux trois cents chevaux-vapeur qui lui seraient bientôt inutiles. Et puis, vers six heures trente du soir, nous nous sommes quittés après nous être donné rendez-vous vingt-quatre heures plus tard à la terrasse de l'Hôtel d'Angleterre, juste sous la fenêtre de la chambre que nous venions à peine de quitter, ivres l'un de l'autre, amoureux.

Maintenant que mon délai a expiré depuis longtemps, je tente de retrouver l'ordre sériel des minutes entre le moment où je me suis éloigné de K au Château d'Ouchy et le moment de mon retour le lendemain à la terrasse de l'Hôtel d'Angleterre, mais je m'égare dans ce procès-verbal. Je dérape dans les lacets du souvenir, comme je n'ai pas cessé de déraper avec ma Volvo, dans le col des Mosses entre Aigle et l'Étivaz avant de rejoindre Château-d'Œx. La première indication que j'ai obtenue au sujet de von Ryndt m'a conduit à l'Hôtel des Trois Rois à Vevey, puis, de là, je me suis rendu au Rochers-de-Naye à Montreux, toujours en quête du banquier à la 300 SL. D'après le chasseur de l'hôtel que j'ai enduit de francs suisses, von Ryndt allait rejoindre le notaire Rubattel, aux bureaux de l'Union fribourgeoise de Crédit, à Château-d'Œx, tout près de la pharmacie Schwub sur le chemin du Temple. Du plein centre de Montreux à Château-d'Œx, j'escomptais, en forçant, une heure de trajet. Mais j'ai pressé l'accélérateur de ma Volvo jusqu'à faire gondoler la feuille d'acier sous mes pieds. Entre Montreux et Yvorne, la route était encombrée et j'ai eu un mal fou à m'en tenir à l'horaire que je m'étais fixé. Au volant de ma Volvo engluée dans le flot démoralisant des autos, j'avais le sentiment que le temps travaillait contre moi et la certitude que von Ryndt vivait ses dernières heures dans les bureaux de l'Union Fribourgeoise de Crédit. J'ai tout fait pour doubler scandaleusement les affreux qui faisaient du 60 km à l'heure devant moi. Je travaillais ferme au volant, et je suais tellement que ma chemise était détrempée sous mon aisselle gauche, là où je sentais le poids de mon Colt 38 automatique, solidement engainé dans son holster. Avant d'entrer à Aigle, j'ai littéralement bondi sur la route d'évitement en direction du Sépey et de Saanen. Dès la sortie du pont de la Grande-Eau, j'ai mis mes phares à long fuseau et je me suis engagé à tombeau ouvert sur la paroi escarpée de la montagne. Au premier virage en épingle à cheveux, j'ai eu clairement conscience que l'auto s'exaltait en dehors de l'axe. Mais je me suis appliqué, à mesure que je m'élevais vers Les Diablerets, à prendre chaque courbe à une vitesse radiale maximum et à réduire à un crissement plaintif mon adhérence au sol. À chaque virage, je faisais diminuer la marge infime qui me séparait d'une embardée, accumulant par ce procédé audacieux quelques secondes d'avance sur mon parcours.

Le temps passe et je mets un temps infini à traverser le col des Mosses. Chaque virage me surprend en troisième alors que je devrais avoir déjà commencé de décompresser ; chaque phrase me déconcerte. Je brûle les mots, les étapes, les souvenirs et je n'en finis plus de me déprendre dans les entrelacs de cette nuit intercalaire. L'événement qui a déjà pris trop d'avance sur moi se déroulera tout à l'heure, dans quelques minutes, quand je frapperai le creux de la vallée et la nappe fondamentale de ma double vie. Cette route entrelacée qui fuit à toute allure sous la traction de mes phares, ralentit soudain avant que j'arrive à Château-d'Œx. Le ruban d'asphalte qui se faufile entre les Mosses et le Tornettaz me ramène ici, près du pont de Cartierville, non loin de la prison de Montréal, à moins d'un quart d'heure en auto de mon domicile légal et de ma vie privée. Toutes les courbes que j'enlace passionnément et les vallées que j'escorte me conduisent implacablement dans cet enclos irrespirable peuplé de fantômes. Je ne veux plus rester ici. J'ai peur de m'habituer à cet espace rétréci ; j'ai peur de me retrouver différent à force de boire l'impossible à gueule ouverte et, en fin de compte, de n'être plus capable de marcher de mes deux pieds quand on me relâchera. J'ai peur de me réveiller dégénéré, complètement désidentifié, anéanti. Un autre que moi, les yeux hagards et le cerveau purgé de toute antériorité, franchira la grille le jour de ma libération. Le mal que je ressens m'appauvrit trop pour que j'éprouve, à tenter de le désigner, le moindre soulagement. C'est pourquoi, sans doute, chaque fois que je prends mon élan dans ce récit décomposé, je perds aussitôt la raison de le continuer et ne puis m'empêcher de considérer la futilité de ma course écrite dans l'ombre des Mosses et du Tornettaz, quand je songe que je suis emprisonné dans une cage irréfutable. Je passe mon temps à chiffrer des mots de passe comme si, à la longue, j'allais m'échapper ! Je fuselle mes phrases pour qu'elles s'envolent plus vite ! Et j'envoie mon délégué de pouvoir en Volvo dans le col des Mosses, je l'aide à se rendre sans accrochage jusqu'au palier supérieur du col et je lui fais dévaler l'autre versant de la montagne à une vitesse échevelée, croyant peut-être que l'accroissement de sa vitesse finira par agir sur moi et me fera échapper à ma chute spiralée dans une fosse immobile. Tout fuit ici sauf moi. Les mots coulent, le temps, le paysage alpestre et les villages vaudois, mais moi je frémis dans mon immanence et j'exécute une danse de possession à l'intérieur d'un cercle prédit.

À Château-d'Œx, l'horloge du beffroi indiquait huit heures et demie quand, après une heure d'investigation entre les bureaux de l'Union fribourgeoise de Crédit et la villa des Pasteurs de l'Église Nationale, je suis reparti sur la même route, mais dans le sens opposé, à la recherche non plus du président de la Banque Commerciale Saharienne mais d'un citoyen belge préoccupé d'histoire romaine et mandaté pour nous faire des histoires. La 300 SL s'était évaporée quelque part entre Montreux et les Pasteurs de l'Église Nationale. Scipion l'Africain voyageait, selon des sources autorisées, à bord d'une Opel bleue, voiture plus convenable pour un universitaire. J'avais obtenu mes renseignements du pasteur Nussbaumer, spécialisé lui-même dans l'historiographie du Sonderbund. Je l'ai interrogé de façon subtile après m'être identifié auprès de lui comme un spécialiste des guerres puniques. Dieu m'est témoin que j'ai été tout surpris d'apprendre, par ce subterfuge, la présence en Suisse d'un collègue qui connaissait Scipion l'Africain comme le fond de sa main. La conversation que j'ai eue avec le pasteur Nussbaumer m'a remonté le moral et m'a mis en pleine forme pour escalader d'une seule traite le mur assombri des Mosses, ce que j'ai fait d'ailleurs avec un entrain et une précision qui m'auraient qualifié d'emblée pour le Rallye des Alpes. Une fois rendu au plus haut du col, je ne me suis pas accordé une seconde de répit : j'ai poussé le moteur à fond sur la seule droite du parcours, au bout de laquelle j'ai donné du frein avant de démultiplier pour aborder le premier d'une longue série de virages. De parabole en ellipse et en double « S », j'ai dégradé ainsi jusqu'au Sépey, puis jusqu'au niveau du Rhône aux abords d'Aigle. En dix-neuf minutes et douze secondes, chronométrage officieux mais vrai, j'ai parcouru la distance entre les Charmilles, où m'a reçu le révérend Nussbaumer, et la gare de la crémaillère juste à l'entrée d'Aigle. J'étais fier, à juste titre, de ma performance de schuss et de la tenue de route de ma Volvo.

C'est avec vivacité et dans un style fracassant, que j'ai franchi la dernière étape qui me séparait du célèbre professeur H. de Heutz. D'Aigle au château de Chillon, j'ai « drivé » comme un déchaîné, puis, après le goulot de Montreux-Vevey, je me suis lancé à nouveau jusqu'aux portes de Lausanne, chère ville que j'ai traversée aveuglément. Vers dix heures, j'ai décéléré : j'étais enfin rendu à Genève. En prenant la route de Lausanne, j'ai débouché sur le quai des Bergues que j'ai longé en transgressant toutes les lois de la circulation en pays calviniste. Puis, après avoir traversé le Rhône, là même où les Helvètes l'auraient traversé si César ne les avait exterminés, j'ai enfilé quelques rues et je me suis trouvé, frais comme une rose, à la porte de la Société d'Histoire de la Suisse Romande. Ma montre-bracelet, de fabrication suisse, indiquait dix heures et douze minutes.

— Pardon, Madame, c'est bien ici que le professeur de Heutz donne sa conférence...

— Vous arrivez trop tard Monsieur. C'est fini, à cette heure-ci vous pensez bien...

— Vous savez peut-être où je peux le rejoindre ? Je suis un de ses collègues...

— C'est grand Genève. Vous pouvez toujours le trouver, mais où ? Je vous suggère plutôt de contacter Monsieur Bullinger, notre président. Après nos conférences, il s'arrête souvent au Café du Globe...

En quelques minutes, j'avais stationné mon auto en diagonale sur le quai du Général-Guisan, à deux pas du Globe. Ce faisant, j'étais tout étonné de comprendre que cette conférence sur « César et les Helvètes » que je m'étais promis d'entendre, en prenant une bière à Vevey, avait été donnée, en mon absence, par celui que je poursuivais d'un canton à l'autre.

La terrasse du Café du Globe était encore tout illuminée et de nombreux clients occupaient la place. À l'intérieur du café, je percevais les silhouettes d'autres clients et des garçons. Avant d'entrer dans mon champ d'action, j'ai fait mine de flâner un peu devant les vitrines des bijoutiers, jusqu'au moment où j'avisai une Opel bleue stationnée vis-à-vis de la terrasse du café. En m'installant moi-même à la terrasse, je pouvais surveiller l'auto et, à partir du moment où son propriétaire y entrerait, je disposerais encore d'une marge de temps pour me rendre à la Volvo stationnée un peu plus loin et prendre l'Opel en chasse. Une fois installé devant une Feldschlösschen à gros collet, j'ai récapitulé tous les points de la situation. Le pasteur Nussbaumer savait que je désirais rencontrer H. de Heutz, ainsi que la réceptionniste de la Société d'Histoire de la Suisse Romande : ces deux personnes avaient de bonnes raisons de me croire également un collègue et ami de H. de Heutz. (En cas de gâchis, ma Volvo prendrait le chemin de l'Italie et je rentrerais une fois de plus dans mon personnage de correspondant de la Canadian Press en Suisse, domicilié au 18 boulevard James-Fazy, Genève.) D'ailleurs, l'historien belge n'a rien à voir avec le banquier Carl von Ryndt dont la disparition n'inquiéterait sûrement pas le pasteur Nussbaumer ou les honorables membres de la Société d'Histoire de la Suisse Romande, ni même le garçon de café qui m'avait servi une chope de bière. Bien sûr, le chasseur du Rochers-de-Naye à Montreux savait qu'un homme correspondant vaguement à ma fiche anthropométrique cherchait un nommé von Ryndt et s'apprêtait à faire le trajet de Montreux jusqu'à Château-d'Œx pour le rencontrer. Mais ce chasseur, discret comme un banquier, ne saurait affirmer que je n'ai pas trouvé mon homme à Château-d'Œx puisque, de toute façon, j'ai cessé de chercher von Ryndt à Château-d'Œx et que j'ai commencé, transmué en romaniste, à chercher un certain H. de Heutz, spécialiste accrédité de Scipion l'Africain et des guerres césariennes. À la terrasse du Café du Globe, trois clients discouraient savamment sur Balzac et dans le plus pur accent des natifs de Genève.

— Vous connaissez la théorie de Simenon ? Passionnante, absolument passionnante. Selon lui, Balzac aurait été impuissant...

— Mais mon cher, cette théorie a deux points faibles : d'abord elle est rigoureusement invérifiable. Deuxièmement, elle est en contradiction avec les faits. Rappelez-vous la liaison de Balzac avec Madame

Hanska... Et c'est ici même à Genève qu'ils se sont aimés et autrement que par lettres ! Dans la correspondance qu'ils ont continué d'échanger par la suite, il y a des allusions précises à leurs rencontres amoureuses de Genève...

— Mais justement, c'est dans cette surenchère verbale au sujet de simples rencontres, que Simenon a détecté quelque chose de louche. Un homme qui a possédé une femme n'a plus besoin, après cela s'entend, de lui écrire sur le mode persuasif. On persuade une femme avant...

— Quand on n'a pas laissé d'enfant à une femme à ce compte-là, on peut toujours être suspecté d'impuissance. Cela est bien embêtant...

— Et puis, j'ai peine à croire que Genève a été néfaste à Balzac et que c'est dans notre ville qu'il a connu cette humiliation. Nous n'avons pas à nous en enorgueillir. Sans compter que cette rumeur fâcheuse nuirait au tourisme...

Les rires fusaient à l'autre table, tandis que je me reposais de ma course effrénée en regardant l'espace inerte du lac, en attendant de tuer le temps d'un homme que je ne connaissais pas encore sinon par son invraisemblance et son indétermination. Quels instants merveilleux n'ai-je pas passés à la terrasse du Café du Globe, en attendant qu'un de mes nombreux voisins quitte sa table et se dirige vers l'Opel bleue stationnée le long du quai du Général-Guisan. Genève me semblait l'endroit le plus agréable au monde où un terroriste puisse attendre l'homme qu'il va tuer. Antichambre de la révolution et de l'anarchie, la ville antique qui étrangle le Rhône m'enchantait par sa douceur, son calme nocturne et par son illumination qui se reflétait dans le lac. J'étais bien, très bien même. Mes pensées débloquaient dans tous les sens à la fois.

Je voyais Balzac assis à ma place et rêvant d'écrire l'*Histoire des Treize*, imaginant dans l'extase un Ferragus insaisissable et pur, conférant à ce surhomme fictif tous les attributs de la puissance qui, au dire de mes voisins anonymes, avaient fait cruellement défaut au romancier. Vienne la puissance triomphale de Ferragus pour venger l'inavouable défaite et qu'éclate la démesure en des pages brûlantes puisque, dans un lit triste à l'Hôtel de l'Arc ou ailleurs, nul éclat n'a mis un terme au délire amoureux ! Ferragus me hantait, ce soir-là, dans cette ville injuste au romancier ; le vengeur fictif et sibyllin inventé par Balzac entrait lentement en moi, m'habitait à la façon d'une société secrète qui noyaute une ville pourrie pour la transformer en citadelle. L'ombre du grand Ferragus m'abritait, son sang répandait dans mes veines une substance inflammable : j'étais prêt, moi aussi, à venger Balzac coûte que coûte en me drapant dans la pèlerine noire de son personnage.

J'étais prêt à frapper, impatient même, quand je vis deux silhouettes traverser la rue et s'approcher de l'Opel bleue stationnée face au lac. Le temps de jeter quelques francs suisses sur la table, H. de Heutz avait ouvert la portière de l'Opel. J'étais au volant de ma Volvo et en marche, quand la voiture de H. de Heutz s'est déplacée, assez lentement toutefois, en longeant le quai du Général-Guisan. En dépit de la distance que je maintenais entre l'Opel et moi, je me suis aperçu que c'était une femme qui était avec lui. H. de Heutz fit un trajet assez compliqué, en passant par des rues presque désertes qui me posaient des problèmes de discrétion ; il stationna finalement son auto place Simon-Goulart qui, fort heureusement, m'était familière et me permettait de stationner sans me faire remarquer. Je l'ai vue, de loin, sortir de l'auto avec la femme ; et tous deux se sont engagés lentement sur le trottoir, bras dessus, bras dessous, en direction du quai des Bergues. J'en fis autant, en prenant garde toutefois de ne pas attirer l'attention. De toute évidence, le cher exégète de Scipion l'Africain ne se comportait pas comme un homme traqué. Cette femme qu'il tenait par le bras, je ne savais trop qu'en faire, ni comment la mettre entre parenthèses à l'heure « H ». J'y pensais constamment pendant que, par la force des événements, je m'attardais inconsidérément devant les mouvements d'horlogerie exposés à profusion dans toutes les vitrines. Puis, juste à l'angle de la rue du Mont-Blanc, la femme disparut comme par enchantement, ce qui me fit prendre conscience que son départ me posait encore plus d'énigmes que sa présence encombrante ; H. de Heutz, lui, continua sa promenade d'un pas plus agile. En fait, il marchait beaucoup trop vite pour moi. Il m'était difficile de le suivre sans adopter son rythme précipité et, par conséquent, sans attirer l'attention. J'aurais mieux fait de rester au volant de la Volvo pour le filer en toute tranquillité. Trop tard pour revenir en arrière. Cette promenade nocturne avait quelque chose d'insensé, d'affolant. H. de Heutz et moi nous marchions quasiment au pas de course vers le quartier Carouge, ancien refuge des révolutionnaires russes. H. de Heutz m'entraînait malgré moi dans l'aire germinale de la grande révolution. Et pendant que je rêvais aux grands exilés qui, bien avant nous deux, avaient erré dans les rues étroites et désespérées du quartier Carouge, et à l'instant où je m'y attendais le moins, je reçus un coup sec dans les reins et un autre, plus dur encore, d'aplomb sur la nuque. La nuit genevoise s'est fêlée, et je me suis senti manipulé par une grande quantité de mains habiles.

La pièce où je me suis retrouvé était splendide : trois grandes portes-fenêtres donnaient sur un parc charmant, et il m'a semblé apercevoir, tout à fait au fond du paysage, une nappe miroitante qui me fit penser que j'étais probablement encore en Suisse et, par surcroît, dans un salon et quel salon ! J'étais fasciné par la grande armoire avec des figures d'anges en marqueterie, bois sur bois. Une vraie splendeur. Machinalement, j'ai demandé :

— Où suis-je ?

— Au château.

— Mais quel château ?

— Au château de Versailles, imbécile.

— Ah...

Je sortais petit à petit de mon sommeil comateux et non sans prendre conscience en même temps d'une douleur lancinante dans la nuque, ce qui supprima instantanément l'amnésie dans laquelle j'avais été plongé jusque-là. J'ai compris que la nuit venait de finir. Vingt-quatre heures s'étaient donc passées depuis l'aube de l'Hôtel d'Angleterre. J'étais perdu, véritablement perdu et — j'en pris conscience d'un geste machinal — désarmé.

— Alors, ça revient les idées ?

Mon interlocuteur se tenait devant moi à contre-jour, si bien que je ne discernais pas son visage. Mais j'ai compris que c'était un interlocuteur valable et, afin d'établir un dialogue positif, je me devais de reprendre mes esprits le plus rapidement possible...

— J'aimerais bien prendre un verre d'eau...

— Ici, on ne boit que du champagne... Alors on joue aux espions ? On se promène la nuit une arme sous le bras et on poursuit d'honnêtes citoyens qui paient leurs impôts et sont en règle avec la société ? C'est une vraie honte pour la Suisse.

— Je crois qu'il y a malentendu.

— Dans ce cas, expliquez-vous...

Il me fallait procéder clairement et avec assurance, sans quoi je n'arriverais jamais à me tirer de ce faux pas. Il me fallait élaborer une riposte éclair et puisque je n'avais plus d'arme à dégainer, vider mon chargeur dialectique sur cet inconnu dressé entre le jour et moi. Hélas, les secondes de silence qui s'accumulaient ne me rendaient ni mes réflexes, ni ma présence d'esprit. J'étais encore empâté et je ne réussissais pas à articuler un raisonnement précis en vue de reprendre en main la situation. En ce moment même, je n'arrive pas à souffler à mon double les quelques phrases d'occasion qui le sortiraient du pétrin. La silhouette parahélique de mon interlocuteur me bloque ; cet homme occupe outrageusement tout le paysage où je rêve confusément de courir en suivant les ruisseaux jusqu'au lac émerveillé. Quelque chose qui ressemble à une thrombose me paralyse ; et je n'arrive pas à émerger de cette catatonie nationale qui me fige sur un fauteuil Louis XV, à moins qu'il ne soit Régence, devant un inconnu placide qui ne sait pas encore ce que je suis venu faire dans sa vie, tandis que moi, le sachant trop, je dois le taire et surtout, mais oui surtout et au plus vite, trouver une autre explication, improviser sur-le-champ un scénario passe-muraille...

—Je veux voir votre supérieur, lui dis-je.

— Ce n'est pas chrétien de déranger les gens si tôt le matin...

— Peu importe, il faut que je le voie. Je suis en mission officielle et je tiens à savoir à qui j'ai affaire avant d'établir mon identité. Croyez-moi : faites-vite, c'est très important... pour vous. D'ailleurs... j'ai le sentiment que nous faisons le même métier et que, par surcroît, nous travaillons pour les mêmes intérêts...

Ouvrir mon jeu en premier comportait beaucoup d'inconvénients, surtout que je ne savais pas encore si mon adversaire s'était fait une idée quelconque du motif de ma filature de la nuit précédente. Je devais procéder avec prudence et mettre du style dans mes feintes sans quoi je me trouverais rapidement pris au dépourvu. Le souvenir de ma course involvée depuis le Château d'Ouchy jusqu'à l'Hôtel des Rochers-de-Naye à Montreux, puis à travers le col des Mosses jusqu'à Château-d'Œx, aller-retour avec une pointe vers Genève où j'ai pratiqué mon footing, le souvenir de cette soirée gâchée m'humiliait de façon cinglante. Alors même que j'avais besoin de toutes mes ressources d'orgueil pour me donner du génie, je restais obsédé par mon échec. Le plus humiliant me paraissait encore à venir puisqu'à quelques heures de là, si jamais je me libérais, je devrais étaler mon inefficacité devant K, lui raconter tout dans le détail : mon exploit automobile, l'euphorie que j'ai ressentie à la terrasse du Café du Globe ainsi que ma déconfiture finale. Somme toute, je me suis fait disqualifier par H. de Heutz et si j'évite une rétrospection minutieuse de ma mission, c'est pour ne pas tourner le fer dans la plaie.

Mon gardien armé se tenait immobile entre les fenêtres et moi, à contre-jour du paysage extra-lucide qui s'étendait, vaste, au-delà du château où je pourrissais de honte et d'impatience. Comment adopter une attitude altière, quand on a juste le goût de pleurer et l'envie de téléphoner, comme si cela se demandait dans une situation pareille. D'ailleurs je n'avais pas le numéro de téléphone de K ; et la seule façon dont nous avions convenu de nous rejoindre, c'était sur la terrasse de l'Hôtel d'Angleterre en fin d'après-midi. D'ici là, moyennant quelle performance d'imagination et d'audace, je n'avais qu'une chose à réussir : sortir du château plombé où un inconnu, H. de Heutz sans aucun doute, laissait pointer la crosse de son 45 hors de sa veste et non sans coquetterie, me questionnait et m'obligeait à parler alors même que je n'avais pas retrouvé mes esprits. Il me posait des questions et allez donc ne pas répondre : ce serait impoli, maladroit et propre à prolonger une incarcération qui, pour mon honneur, avait déjà trop duré. Je réponds tant bien que mal. Je parle, mais qu'est-ce que je dis au juste ? C'est illogique. Mon improvisation oblique dans le genre allusif. Pourquoi diable lui raconter cette salade au sujet de mon bureau de Genève et lui dire qu'un coup de fil arrangerait les choses et mettrait un terme à ce quiproquo dérisoire ? Je déraille.

C'est pénible cette conversation dont je fais les frais : je meuble, je dis n'importe quoi, je déroule la bobine, j'enchaîne et je tisse mon suaire avec du fil à retordre. Là vraiment j'exagère en lui racontant que je fais une dépression nerveuse et en me composant une physionomie de défoncé. Et toute cette histoire de difficultés financières, cette allusion à dormir debout à mes deux enfants et à ma femme que j'aurais abandonnés, décidément je lui raconte des sornettes... Il ne bouge toujours pas. S'il ne m'a pas giflé, c'est peut-être qu'il mord, ma foi. Au fond, j'ai peut-être donné un bon numéro. Je joue le tout pour le tout : je continue dans l'invraisemblable...

— Depuis tout à l'heure, je crâne ; j'essaie de tenir tête et de jouer la comédie. Cette histoire de poursuite armée et d'espionnage est une farce sinistre. La vérité est plus simple : j'ai abandonné ma femme et mes deux enfants, il y a deux semaines... Je n'avais plus la force de continuer à vivre : j'ai perdu la raison... En fait, j'étais acculé au désastre, couvert de dettes et je n'étais plus capable de rien entreprendre, plus capable de rentrer chez moi. J'ai été pris de panique : je suis parti, j'ai fui comme un lâche... Avec le pistolet, je voulais réussir un hold-up, rafler quelques milliers de francs suisses. Je suis entré dans plusieurs banques en serrant mon arme sous mon bras, mais je n'ai jamais été capable de m'en servir. J'ai eu peur. Hier soir, je marchais dans Genève — je ne me souviens plus où d'ailleurs — ; je cherchais un endroit désert... pour me suicider ! (Tout va bien : H. de Heutz n'a pas encore bronché.) Je veux en finir. Je ne veux plus vivre...

— Ouais. C'est difficile à avaler...

— Vous n'êtes pas obligé de me croire. Au point où j'en suis, tout m'est égal.

— Si vous tenez absolument à vous tuer, c'est votre affaire... Mais je m'explique mal, quand il vous prend une pareille envie, pourquoi vous vous mettez à suivre un homme en pleine nuit et que vous ne le quittez pas d'une semelle...

— Mais je ne vous ai pas suivi ; je ne vous connais même pas... C'est pour cela que je suis ici. Je comprends maintenant... De toute façon, ma vie est finie, alors faites ce que vous voulez de moi. Vous m'avez pris pour un espion : faites ce que vous avez à faire en pareil cas. Tuez-moi, je vous le demande...

Je vis, non sans surprise, que H. de Heutz n'était pas loin de croire ma version psychiatrique. Chose certaine, il hésitait. Pendant ce temps, je prenais mon masque de grand déprimé. Je pensais aux deux petits enfants qui m'attendaient quelque part et à leur mère qui ne savait plus quoi répondre à leurs questions : pourquoi ne couche-t-il plus à la maison ? Pauvres petits, ils ne sauront même pas que leur père a voulu se tuer parce qu'il n'avait plus la force de refaire sa vie, ni celle de voler les banques. Ils ne savent pas que leur père est indigne et dégénéré. Pendant que je pense à ces enfants qui m'attendent, un événement trouble se produit en moi. À vouloir me faire passer pour un autre, je deviens cet autre ; les deux enfants qu'il a abandonnés, ils sont à moi soudain et j'ai honte. H. de Heutz me regarde toujours. Je m'affaisse devant lui. J'ai ravalé toute dignité. Je n'ai même plus ce vieil orgueil qui m'a souvent permis de m'éjecter d'une carlingue en flammes. Je suis prisonnier dans un château tourné vers le lac incendié dont je perçois les reflets au fond du paysage, à travers les grandes fenêtres qui illuminent le salon somptueux où, drapé dans ma dépression de circonstance, je meurs d'inaction et d'impuissance. Car je ne sais plus ce qui va m'arriver maintenant et je n'ai pas assez de ressort pour garder l'initiative et empêcher H. de Heutz de me devancer.

— Et ça, c'est une lettre d'amour peut-être ?

Et il déplia un morceau de papier bleu, celui-là même que j'avais découvert dans mon courrier l'autre soir à l'Hôtel de la Paix. Il me tendit le papier bleu, sans détourner le canon de son revolver de mon visage. Je reconnais aussitôt la moulure de ce poème infernal. Je le parcours à nouveau avec attention, en pensant non à à le déchiffrer, mais que c'était la pièce à conviction : CINBEUPERFLEUDIARUNCOBE-SCUBEREBESCUAZURARANOCTIVAGUS. Pendant que je murmurais chaque syllabe de ce cryptogramme, je me disais que j'étais fini à cause de ce message informel qui n'était peut-être au fond qu'une farce énorme de mon cher Hamidou, quelque transcription en caractères latins d'une grossièreté vernaculaire. Ce cher très cher Hamidou m'avait mis dans un joli pétrin avec son message secret : décidément, j'étais surcuit comme un steak de Salisbury, définitivement perdu, *Kaputt, versich* ! Toutefois, les syllabes emboîtées les unes dans les autres de mon message hypercodé me signifiaient que j'avais autre chose à faire que tenter de gagner du temps, alors que le temps travaillait contre moi. Les secondes se fracturaient en mille intuitions divergentes qui n'engendraient pas d'action précise. Je devais au plus tôt mettre un terme à cette décharge d'intuitions inutiles et commencer à faire autre chose que regarder H. de Heutz et l'affreux borborygme sénégalais que j'essayais de lire entre les lignes, comme si le signal allait m'être donné par cet amoncellement visqueux de consonnes et de voyelles, qui n'était qu'une pièce d'anthologie de l'humour noir.

Le lac glaciaire resplendissait au fond de la vallée et le soleil du matin commençait sa course de feu au-dessus de l'Aiguille du Géant, quand soudain, avec une lenteur qui me rassura sur l'acuité de mes réflexes, je tendis le morceau de papier à H. de Heutz qui esquissa un geste du bras gauche pour en reprendre possession. Il eut été trop facile, donc maladroit, de l'attaquer à cet instant où tous ses muscles étaient prêts à parer une surprise. Je lui laissai donc le temps de replier le message d'Hamidou et de me distancer suffisamment pour en éprouver de la sécurité. Ce qu'il fit d'ailleurs, certain que si j'avais eu à attaquer je l'aurais fait quand la distance qui nous séparait était au minimum et que nos deux mains se touchaient presque. Maintenant qu'il s'était éloigné de moi, H. de Heutz se décontractait et relâchait visiblement son système de défense. Je déplaçai lentement mes pieds pour prendre la position de départ ; puis, dans cet interstice infinitésimal de l'hésitation, je fis un bond total sur sa droite et frappai de toute ma force un coup sec sur sa tempe, assez fort pour le déséquilibrer et interrompre le geste qu'il amorça pour dégainer son arme qu'il avait imprudemment remise dans le holster après avoir repris possession du papier bleu. Mon bras droit fit le trajet que le sien devait faire et j'empoignai de mes cinq doigts la crosse de son revolver. Je fis une parade qui mit un écran de distance entre lui et moi, et me permettait de faire feu.

— Un mot et je tire. Sortez devant moi. Conduisez-moi à l'auto...

J'emboîtai le pas derrière lui, en concentrant toute mon attention sur ses mouvements, si bien que je n'ai vu du décor somptueux de ce château que des images parcellaires et déformées par mon propre déplacement : des moulures dorées, la silhouette d'un buffet, un livre relié... Le château restait plongé dans le silence : c'est tout ce qui importait à ma sécurité. À gauche, dans une sorte de hall contigu au salon, se trouvait la sortie. Nous sommes passés rapidement dans le parc. J'ai laissé mon hôte me devancer de plusieurs pas pour être sûr de le garder en joue et conjurer toute surprise. Je reconnus aussitôt l'Opel bleue : je me fis remettre les clés de l'auto par H. de Heutz et fis quelques pas en le contournant. Sans me presser, j'ai ouvert le coffre arrière et j'ai fait signe à H. de Heutz de monter dans le coffre qui, par bonheur, n'était pas encombré. Il hésita, surpris et méfiant sans doute. Mais j'insistai d'un simple geste à main armée : et il enjamba aussitôt le pare-chocs arrière, se pelotonna tant bien que mal dans le coffre à bagages dont je m'empressai de refermer le couvercle. En quelques secondes, j'étais déjà au volant de l'Opel bleue. Je n'eus aucune difficulté à démarrer le moteur, à faire avancer la petite sedan sur le gravier. Il n'y avait pas de grille à la sortie du parc ; je pris instinctivement sur ma droite, à tout hasard. Le château se trouvait à l'extrémité d'un village que j'apercevais progressivement dans mon rétroviseur à mesure que je m'en éloignais. De l'autre côté de la petite route, j'avisai un panneau indicateur, je ralentis pour y lire le nom du village : Échandens. Ce nom ne me disait rien et, d'après la configuration du paysage, je pouvais conclure que je me trouvais quelque part entre Genève et Lausanne, à vrai dire plus près de Lausanne étant donné ma position par rapport à la constellation des glaciers que le soleil éclairait obliquement. Je n'avais qu'une chose à faire : rouler vers la grande dépression au fond de laquelle j'apercevais la face lumineuse du lac Léman.

Ce soir, pendant que je roule entre Échandens et le fond d'une vallée dans la voiture d'un homme qui ne me dérange plus, je me sens découragé. Cet homme, H. de Heutz ou von Ryndt, je ne l'ai pas encore tué et cela me déprime. J'éprouve une grande lassitude : un vague désir de suicide me revient. Je suis fatigué à la fin. Et mon problème ressemble singulièrement à celui de cet inconnu qui est couché en chien de fusil dans le coffre arrière d'une Opel bleue que je conduisais à vive allure d'Échandens à Morges, empruntant des routes cantonales que je ne connaissais pas. Une seule chose me préoccupait alors, à savoir la méthode que je devais utiliser pour tuer H. de Heutz. À mesure que j'avançais dans cette paisible campagne, j'apercevais plus distinctement le cirque de montagnes qui sanglent le lac, et je reconnaissais la configuration dramatique de ce paysage qui nous avait ensorcelés, K et moi. En débouchant sur les hauteurs de Morges, j'aperçus le large ruban de l'autoroute et je pris la direction de Genève. Le cadran de la voiture indiquait neuf heures trente ; ma montre-bracelet précisait neuf heures trente-deux minutes. Tout allait bien. Mon colis ne réduisait pas ma vitesse de croisière. J'étais véritablement heureux et je conduisais dans un état voisin de l'ivresse. Mon imagination et ma supériorité m'avaient tiré d'une situation fâcheuse. Mon honneur était sauf. À six heures trente, j'irais retrouver K sur la terrasse de l'Hôtel d'Angleterre, ce qui me laissait amplement le temps de vider quelques balles dans la tempe de mon passager. En fait, je disposais de trop de temps : je n'avais pratiquement rien à faire avant notre rendez-vous, et je brûlais déjà d'impatience. Autant je suis accablé en ce moment, autant je me sentais libre alors de façon extravagante, démesurément puissant, invincible ! En rentrant dans Genève, je me rendis machinalement à la place Simon-Goulart. J'y aperçus aussitôt la forme ovulaire de ma Volvo. Je trouvai facilement une place pour stationner l'Opel, à deux pas de la Banque Arabe. Dans l'euphorie de mon évasion, j'avais oublié de penser. Et je pris soudain conscience du danger. Aussitôt stationné, je résolus de décamper. D'abord, la place Simon-Goulart n'est pas un endroit où l'on peut aisément tuer un homme couché dans un coffre d'auto, sans éveiller quelques soupçons. De plus, les amis de H. de Heutz auraient peut-être l'idée d'y repasser pour attendre que je vienne reprendre ma Volvo, et me cueillir. J'avais commis une imprudence.

Depuis quelques instants, le spleen m'inonde. Des images fugaces circulent en tous sens comme des anophèles dans ma jungle mentale. J'ai mal. Des heures et des heures se sont ajoutées au temps que je mets à tuer H. de Heutz. Et la vie recluse marque d'un coefficient de désespoir les mots qu'imprime ma mémoire cassée. L'ennoiement brumaire me vide cruellement de mon élan révolutionnaire. J'ai beau ne pas vouloir exalter le bonheur que j'ai perdu, je le vante en secret et je confère à ce qui ne m'arrive pas des attributs plénipotentiaires. Je me revois installé sur la galerie d'une villa que nous avions louée.

Nous étions là en train de boire un vin de Johannisberg en haute altitude, face au Chamossaire ; de l'autre côté de la vallée, les grandes Alpes se dépliaient vers le sud. Ce qui me terrifie, c'est de ne plus être suspendu dans le vide majestueux, mais d'être ici, glissant dans les densités variables de ma défaite. Les heures qui s'amoncellent sur moi m'inhument dans mon désespoir. Je me sens loin de ma vie antérieure, loin aussi des matins de Leysin quand je marchais dans l'air pur, mille huit cent mètres au-dessus de la tristesse et de l'échec, bien au-delà de la surface du lac Léman au fond duquel, depuis des jours, je descends asphyxié dans un vaisseau d'obsidienne, emporté sans bruit dans un courant imaginaire qui passe devant la terrasse de l'Hôtel d'Angleterre où je meurs d'amour. Sensible uniquement au mouvement des eaux qui me poussent le long des rivages éblouis et me font glisser sous le socle des Alpes, je me laisse aller. Mon passé s'éventre sous la pression hypocrite du verbe. J'agonise drogué dans un lac à double fond, tandis que, par des hublots translucides, je n'aperçois qu'une masse protozoaire et gélatineuse qui m'épuise et me ressemble.

En quelques jours d'été, dans cet intervalle entre deux rives tombantes et deux jours de révolution, entre l'île enflammée et la nuit délirante du 4 août, après deux siècles de mélancolie et trente-quatre ans d'impuissance, je me dépersonnalise. Alors même que le temps fuit pendant que j'écris, tout s'est figé un peu plus et me voici, cher amour, réduit à ma poussière finale. Minéralisation complète. J'atteins immobile une stase volcanique. Avec cette poussière historique, je cerne mes yeux et mes sourcils ; je me fais un masque. Je t'écris.

Écrire est un grand amour. Écrire, c'était t'écrire ; et maintenant que je t'ai perdue, si je continue d'agglutiner les mots avec une persévérance mécanique, c'est qu'en mon for intérieur j'espère que ma dérive noématique que je destine à des interlocuteurs innés, se rendra jusqu'à toi. Ainsi, mon livre à thèse n'est que la continuation cryptique d'une nuit d'amour avec toi, interlocutrice absolue à qui je ne puis écrire clandestinement qu'en m'adressant à un public qui ne sera jamais que la multiplication de tes yeux. Pour t'écrire, je m'adresse à tout le monde. L'amour est le cycle de la parole. Je t'écris infiniment et j'invente sans cesse le cantique que j'ai lu dans tes yeux ; par mes mots, je pose mes lèvres sur la chair brûlante de mon pays et je t'aime désespérément comme au jour de notre première communion.

Lendemain. La tristesse me frappe avec la violence et la soudaineté de l'onde solitaire en son point de déferlement. Elle s'abat sur moi comme le tsunami. Quelques instants avant le fracas, je circulais aimablement dans mon inventaire : j'évoquais les villages que nous avons traversés dans les Cantons de l'Est entre Acton Vale et Tingwick qu'on appelle maintenant Chénier. Soudain, me voilà terrassé, emporté avec les arbres et mes souvenirs à la vitesse de propagation de cette onde cruelle, charrié dans la vomissure décantée de notre histoire nationale, anéanti par le spleen. L'édifice fragile que j'avais patiemment érigé pour affronter des heures et des heures de réclusion craque de toutes ses poutrelles, se tord sur lui-même et m'engloutit dans sa pulvérisation. Il ne me reste plus rien au monde que la notation de ma chute élémentaire. La tristesse me salit : je la pompe, je l'avale par tous les pores, j'en suis plein comme un noyé. Cela est-il visible qu'ici je vieillis seul et que ni le soleil ni la volupté ne redorent ma peau ? Nul projet amoureux n'emplit mon corps ; rien ne m'obsède. Je fais quelques pas dans le corridor de mon submersible fermé ; je jette un regard par le périscope. Je ne vois plus le profil de Cuba qui sombre au-dessus de moi, ni la dentelure orgueilleuse du Grand Combin, ni la silhouette rêveuse de Byron, ni celle de mon amour qui m'attend ce soir à six heures et demie à la terrasse de l'Hôtel d'Angleterre.

J'ai beau tracer sur ce papier le fil enchevêtré de ma ligne de vie, cela ne me redonne pas le lit encombré de coussins colorés où nous nous sommes aimés un certain 24 juin, tandis que, quelque part sous notre tumulte, tout un peuple réuni semblait fêter la descente irrésistible du sang dans nos veines. Tu étais belle, mon amour. Comme je suis fier de ta beauté. Comme elle me récompense ! Ce soir-là, je me souviens, quel triomphe en nous ! Quelle violente et douce prémonition de la révolution nationale s'opérait sur cette étroite couche recouverte de couleurs et de nos deux corps nus, flambants, unis dans leur démence rythmée. Ce soir encore, je garde sur mes lèvres le goût humecté de tes baisers éperdus. Sur ton lit de sables calcaires et sur tes muqueuses alpestres, je descends à toute allure, je m'étends comme une nappe phréatique, j'occupe tout ; je pénètre, terroriste absolu, dans tous les pores de ton lac parlé : je l'inonde d'un seul jet, je déborde déjà au-dessus de la ligne des lèvres et je fuis, oh ! comme je fuis soudain, rapide comme la foudre marine, je fuis à toutes vagues, secoué par l'onde impulsive ! Je te renverse, mon amour, sur ce lit suspendu au-dessus d'une fête nationale... Dire qu'en ce moment j'écris les minutes du temps vécu hors de ce lit insurrectionnel, loin de notre spasme foudroyant et de l'éblouissante explosion de notre désir ! J'écris pour tromper le temps que je perds ici et qui me perd, laissant sur mon visage les traces ravinées de son interminable alluvion et la preuve indélébile de mon abolition. J'écris pour tromper la tristesse et pour la ressentir. J'écris sans espoir une longue lettre d'amour ; mais quand donc me liras-tu et quand nous reverrons-nous et nous reverrons-nous ? Que fais-tu en ce moment, mon amour ? Où circules-tu au-delà des murs ? T'éloignes-tu de ta maison, de nos souvenirs ? Passes-tu parfois dans l'aire érogène de notre fête nationale ? M'embrasses-tu parfois dans la chambre soulevée où se pressent un million de frères désarmés ? Retrouves-tu le goût de ma bouche comme je retrouve, obsédants, notre baiser et le fracas même de notre étreinte ? Penses-tu à moi ? Sais-tu encore mon nom ? M'entends-tu dans ton ventre quand l'évocation onirique de nos caresses vient secouer ton corps endormi ? Me cherches-tu sous les draps, le long de tes cuisses reluisantes ? Regarde, je suis pleinement couché sur toi et je cours comme le fleuve puissant dans ta grande vallée. Je m'approche de toi infiniment...

Les mots appris, les mots tus, nos deux corps nus sous le solstice national et nos deux corps terrassés au sortir d'une caresse alors que la dernière neige de l'hiver ralentissait notre chute, tout s'ébranle autour de moi dans une crise dévalorisante comme à l'approche d'un conflit mondial. La tempête qui s'abat dans les pages financières me frappe au cœur : l'inflation morbide me gonfle, me fait déborder. J'ai peur, j'ai terriblement peur. Que m'arrivera-t-il ? Car je suis désemparé, depuis que Bakounine est mort dans la prison commune de Berne, couvert de dettes et oublié. Où es-tu révolution ? Est-ce toi qui coule enflammée au milieu du lac Léman, soleil bafoué qui n'éclaire pas les profondeurs où j'avance incognito ?... Entre le 26 juillet et ma nuit inflationnaire, je continue d'inventer les bras de la femme que j'aime et de fêter, par l'itération lasse de ma prose, l'anniversaire prophétique de notre révolution. Je reviens sans cesse à cette chambre ardente : sous nos corps entremêlés, un bruit sourd nous parvenait de la ville en fête : un halètement continu, ponctuation insoutenable qui se transmettait jusque dans notre maquis. Et je me souviens du désordre que nous avons infligé à tout ce qui nous entourait ; je me souviens de la clarté du ciel, de l'obscurité de notre cabine volante. Il faisait chaud, très chaud en ce 24 juin. Il nous semblait, mon amour, que quelque chose allait commencer cette nuit-là, que cette promenade aux flambeaux allait mettre feu à la nuit coloniale, emplir d'aube la grande vallée de la conquête où nous avons vu le jour et où, ce soir d'été, nous avons réinventé l'amour et conçu, dans les secousses et les ruses du plaisir, un événement éclatant qui hésite à se produire. Mais ce soir, je me dépeuple : mes rues sont vides, désolées. Tout ce monde en fête m'abandonne. Les personnages que j'ai convoités se dérobent au futur. L'intrigue se dénoue en même temps que ma phrase se désarticule sans éclat.

Je n'admets pas que ce qui se préparait un certain 24 juin ne se produise pas. Un sacrement apocryphe nous lie indissolublement à la révolution. Ce que nous avons commencé, nous le finirons. Je serai jusqu'au bout celui que j'ai commencé d'être avec toi, en toi. Tout arrive. Attends-moi.

Je presse l'accélérateur à fond. Je connais un endroit tranquille près du château de Coppet. J'y serai dans quelques minutes. J'ai déjà perdu trop de temps. Aussitôt que j'en aurai fini avec mon passager, j'abandonnerai l'Opel près de la gare de Coppet, je prendrai le train omnibus pour Genève où je reprendrai possession de ma Volvo que je lancerai cette fois sur l'autoroute pour aller rejoindre K à la terrasse de l'Hôtel d'Angleterre à six heures et demie. Mieux encore : je me rendrai à Lausanne par le train et je prendrai un taxi au débarcadère. En trois ou quatre minutes, je serai devant l'Hôtel d'Angleterre. La Volvo, j'y renonce d'emblée et de gaieté de cœur : je rapporterai l'incident au Bureau ; simple formalité. Je ne vais quand même pas circuler dans une auto déjà repérée. Me voici à Coppet. J'ai une faim de loup (il est déjà plus de midi et demi), mais je mangerai quand tout sera fini. Il me presse d'ailleurs d'en finir avec H. de Heutz et toute cette histoire. Avant de prendre le train qui me ramènera tout à l'heure à Lausanne, je disposerai sûrement de quelques minutes pour aller prendre une croûte zurichoise au buffet de la gare et quelques décilitres de vin blanc du Valais. En attendant et pendant que je manœuvre dans Coppet en direction du château, je concentre mon esprit sur le problème von Ryndt-de Heutz. Aussitôt le coffre ouvert, je le ferai sortir à la pointe du revolver et je l'entraînerai dans la forêt. Je retrouverai facilement cette clairière où j'ai déjeuné sur l'herbe avec K, par un beau dimanche après-midi. Voilà déjà le château des Necker, avec son romantisme usagé et sa grille princière. Je n'ai qu'à prendre à gauche maintenant. Oui, c'est cela. Je reste en deuxième vitesse. Rien autour, personne. Je deviens perplexe. Ce bout de route ne conduit pas à la petite forêt où je veux aller, du moins j'en doute. Je fais stopper l'auto, laissant l'engin tourner au ralenti. Je décide de continuer. J'avance quelques centaines de pieds : déjà le paysage plus élargi me dit quelque chose. J'y suis. J'avance prudemment, presque au pas ; si l'on s'en étonnait, j'aurais toujours l'excuse d'être un touriste qui explore les abords du château. Tout ce qui me manque c'est une édition du *Journal intime* de Benjamin Constant. Je m'y reconnais. La forêt commence. Vais-je retrouver sans difficulté l'entrée que j'avais empruntée avec la Dauphine vert parchemin que nous avions louée pour une neuvaine ? L'air de *Desafinado* que j'entends encore me poursuit, germe lyrique de mon état d'âme et du désir que j'ai d'y échapper en me cachant dans ce bois voisin du château de Coppet et dans le texte qui me ramène en Suisse et m'aide à surmonter ma faim pendant que je conduis mon passager dans la forêt, en effleurant les branches des pins jurassiques qui peuplent ce bois où d'autres exilés se sont aventurés déjà.

Je coupe le contact. Silence religieux autour de la petite voiture bleue. L'air est bon, très doux. On n'entend rien d'autre que le murmure paisible de la nature. Rien de suspect. Je sors l'arme de la ceinture de mon pantalon où je l'avais engagée ; j'actionne le barillet, vérifie le cran d'arrêt, la détente, le nombre de cartouches disponibles. Tout est en ordre. Toujours rien autour. Je perçois au loin le vrombissement d'un train : c'est sans doute le rapide Zurich-Genève qui quitte la gare de Lausanne à onze heures cinquante-six. J'examine le terrain autour de l'auto : aucun piège, pas de dénivellement surprise et, à tout considérer, assez de dégagement pour me permettre de jouer sur marge avec mon banquier préféré. L'instant est arrivé. Aucun bruit ne parvient de l'intérieur du coffre ; je colle l'oreille à sa paroi chauffée par le soleil et je ne perçois strictement rien : c'est à croire que j'ai transporté un cadavre. Il n'y a vraiment aucun signe de vie dans ce petit cercueil surchauffé. H. de Heutz n'a quand même pas disparu par enchantement. Cela m'agace. J'insère la clé dans la serrure du coffre après avoir soulevé la plaque d'immatriculation qui fait fonction de double volet.

Depuis que je me suis levé ce matin, je combats une émotion sans cesse renaissante. C'est dimanche. Dehors il fait beau. Et je vois, sur la route 8 entre Pointe-au-Chêne et Montebello, l'auto beige qui roule sans moi. La campagne a quelque chose d'émouvant au sortir de Pointe-au-Chêne, tandis qu'on remonte l'Outaouais vers Montebello et qu'on se rend jusqu'à Papineauville. J'aime cette route cursive, les méandres paresseux de l'Outaouais, les coteaux élégants de notre frontière, vallonnements secrets, empreints d'intimité et de mille souvenirs de bonheur. J'aime aussi ce paysage extrême où il y a encore de la place pour moi. Quand tout sera fini, c'est là que je m'installerai dans une maison éloignée de la route, non pas sur le bord de la rivière des Outaouais, mais dans l'arrière-pays couvert de lacs et de forêts, sur la route qui va de Papineauville jusqu'à La Nation. C'est là que j'achèterai une maison, tout près de La Nation, juste à l'entrée du grand domaine du lac Simon qu'on peut remonter en faisant du portage jusqu'au lac des Mauves pour rejoindre La Minerve. Cette maison que je trouverai entre Portage-de-la-Nation et La Nation, ou bien entre La Nation et Ripon, ou entre La Nation et le lac Simon sur la route de Chénéville, je pleure de ne pas l'avoir trouvée plus tôt. J'ai affreusement peur de mourir pendu aux barreaux d'une cellule du pénitencier sans avoir eu le temps de retourner à La Nation, ni la liberté d'aller là-bas m'étendre dans l'herbe chaude de l'été, courir en lisière des grandes forêts peuplées de chevreuils, regarder le ciel démesuré au-dessus de la maison que j'habiterai un jour et vivre doucement, sans pleurer. Où est-il le pays qui te ressemble, mon vrai pays natal et secret, celui où je veux t'aimer et mourir ? Ce matin, dimanche inondé de larmes d'enfant, je pleure comme toi mon enfant de ne pas être déjà rendu dans les champs ensoleillés de cette campagne qui rayonne autour de La Nation, dans la chaude lumière de notre pays retrouvé. Les heures qui viennent vont me briser. Quelques heures me suffiraient pour prendre la route 8 à Saint-Eustache où nos frères sont morts, pour remonter l'Outaouais par Oka, Saint-Placide, Carillon, Calumet et Pointe-au-Chêne, et de Pointe-au-Chêne à Montebello et à Papineauville où je prendrais la route de La Nation, en passant par Portage-de-la Nation et Saint-André-Avelin. Quelques heures me conduiraient à La Nation, tout près de cette maison en retrait de l'histoire, que j'achèterai un jour. Quelques années m'y conduiront-elles enfin ? Laissez-moi retourner dans ce dimanche d'été, au fond de cette campagne que j'aime. Laissez-moi me coucher encore une fois sur le sol chaud du pays de mon amour et dans le lit vulnérable qui nous attend. Le soleil éclaire une maison que je ne connais pas et que je n'aurai pas le pouvoir de rejoindre avant la nuit, ni demain, ni après-demain, ni en aucun autre jour d'ici ma comparution au Palais de Justice, en Cour du Banc de la Reine, où je devrai répondre des ténèbres qui ont retardé mon voyage à La Nation, vers cette maison de soleil et de douceur que nous habiterons un jour. Devant le juge, je devrai répondre de la nuit et me disculper de l'obscuration suicidaire de tout un peuple ; répondre de mes frères qui se sont donné la mort après la défaite de Saint-Eustache et de ceux qui n'en finissent plus de les imiter, tandis qu'un écran de mélancolie les empêche de voir le soleil qui éclaire La Nation en ce moment même. Je ne peux pas briser les cerceaux qui m'enserrent, pour aller vers cette maison qui nous attend sur la route sinueuse qui va de Papineauville à La Nation, pour aller vers toi mon amour et vers les quelques journées d'amour que je rêve encore de vivre. Mais comment me déprendre de cette situation ? Impossible.

Comment me défaire de H. de Heutz ? Le capot du coffre arrière s'entrouvre lentement sous le ressort. Je fais un bond en arrière. Mon passager recroquevillé dans le fond est bel et bien vivant. Il regarde tout autour et se déplie avec méfiance. Il est visiblement engourdi. Le voici debout, hors du coffre.

— Ne bougez pas de là, sinon je vous descends.

Maintenant c'est moi qu'il regarde. Il est solennel comme un bouddha, le sourire en moins. Iconoclaste, je tiens solidement le 45 dans ma main droite.

— Et maintenant, lancez-moi vos papiers.

Ce qu'il fait. Je me penche pour ramasser son portefeuille en cuir de Florence. Trois coupures bleu sur bleu de cent francs suisses. Une carte d'affaires : Charles-André Junker, Imefbank, rue Petitot, 6, Genève. Téléphone : 26 12 70. Voilà un banquier que je ne manquerai pas d'aller consulter prochainement au sujet de la plus-value de nos investissements révolutionnaires en Suisse. J'empoche machinalement la carte gravée et les coupures de 100 FS. D'un geste rapide, je vide le compartiment des papiers. Je tombe sur un permis de conduire libellé au nom de François-Marc de Saugy, boulevard des Philosophes, 16, Liège. Profession : fondé de pouvoir.

— Vous êtes sans doute fondé de pouvoir de Carl von Ryndt et de H. de Heutz ?...

— Je ne sais pas de quoi vous parlez. Je ne connais pas ces noms...

— Inutile de me faire perdre mon temps, cher Monsieur... de Saudy...

— de Saugy.

— ... cher Monsieur de Saugy. Votre carte d'identité est en règle : votre fournisseur est un expert, croyez-moi. Mais je reste insensible devant ce travail de faussaire... Je sais qui vous êtes — de Heutz ou von Ryndt, peu m'importe ! — et je sais que vous travaillez contre nous. Aussi bien vous dire que nous avons démonté votre savante organisation et que nous sommes au fait des relations étroites que vous entretenez avec vos fondés de pouvoir de Montréal et d'Ottawa. En deux mots, vous êtes cuit. Maintenant que nous sommes de nouveau face à face, vous comprendrez que cette situation comporte un dilemme : c'est vous ou moi. C'est la logique du combat. Et puisque je vous tiens, cher banquier, votre tour est venu. Vous pouvez faire vos prières, à condition que ce soit bref...

Je le vois se décomposer devant moi. Il cherche sans doute à se tirer de là et à renverser la situation. Seulement je tiens l'arme cette fois et je me sens très confortable dans cette position. Si j'éprouve une certaine détente, cela vient du fait que j'ai le dessus. Je savoure en quelque sorte mon avantage.

— Écoutez... Je vous en supplie. Il faut que je vous explique...

— ... de quelle façon vous collaborez avec la R.C.M.P. et sa grande sœur la C.I.A. ; et comment vous transgressez régulièrement l'article 47 B de la constitution fédérale suisse pour avoir accès aux comptes en banque de certains investisseurs anonymes. Oui, expliquez toujours : cela m'intéresse.

— Je ne sais pas de quoi vous parlez Monsieur. Croyez-moi ; la vérité est plus triste, moins mystérieuse à coup sûr. Ce matin, au château, je vous ai donné un spectacle. J'ai joué un rôle devant vous... Je vous le répète : la vérité est plutôt décourageante. Comment vous dire ? Je suis un grand malade. Depuis des semaines, je vis comme un fugitif...

— Ne vous fatiguez pas. Je sais que vous allez me raconter n'importe quoi pour gagner du temps. Mais ça ne prend pas.

— Je vous jure que je ne vous raconte pas une histoire. C'est la vérité. Sur la tête de mes enfants, je vous le jure !... Oui, j'ai deux enfants, deux petits garçons. Et voilà des semaines que je ne les ai pas revus. Ils sont en Belgique. Je les ai abandonnés. Je me suis sauvé de chez moi. Je ne réussissais plus à affronter mes problèmes. C'était la banqueroute : je ne savais plus quoi faire. J'ai été pris de panique. Un soir, j'ai écrit une lettre à ma femme pour tout avouer et je me suis sauvé sans la revoir, comme un lâche. Ma femme n'avait pas de quoi vivre une semaine. J'ai pris l'express pour Bâle. Et je pensais qu'une fois rendu à Bâle, inconnu, je pourrais voler de l'argent et de là en faire parvenir à ma femme...

À mesure que j'écoute son histoire, j'éprouve une sorte de vertige, H. de Heutz semble à ce point bouleversé et véritablement ému que je ne suis pas porté à me méfier. Pourtant, c'est l'évidence, il est en train de se payer ma tête. Toute cette histoire à dormir debout ressemble singulièrement au boniment que je lui ai servi ce matin au château d'Échandens, jusqu'au moment où je lui ai fait le coup du désarmement unilatéral. H. de Heutz me raconte en ce moment exactement la même histoire alambiquée. C'est du plagiat. Pense-t-il que je vais gober ça ?

— Je ne mens pas. Je me suis rendu d'abord à Bâle. J'ai cru qu'avec mon Mauser je ferais des miracles et que, du jour au lendemain, je me comporterais comme un voleur de grande classe : impeccable, poli avec les caissiers, impuni jusqu'au bout. J'ai pensé qu'il suffirait de cette arme et de mon désespoir pour faire fortune en quelques jours et envoyer des mandats postaux à ma femme. J'ai vécu plusieurs jours dans cet état, mais sans jamais rien voler, sans envoyer d'argent à ma femme. Chaque jour je me disais : « C'est pour aujourd'hui. Je vais réussir. » Et je me disais qu'un de ces jours, une fois riche, je ferais venir ma femme et mes enfants en Suisse. Ici nous pourrions nous établir, vivre heureux, louer une villa en montagne, dans le val d'Hérens du côté d'Évolène. Je connais un endroit merveilleux par là. C'est là que je voudrais m'établir avec ma femme et mes enfants. J'ai hâte de revoir mes enfants, vous ne pouvez pas savoir. Je ne sais même pas comment ma femme se débrouille pour trouver de l'argent. Quand je suis parti de Liège, j'avais des dettes, une foule de dettes dont elle n'était pas au courant. Peut-être a-t-elle perdu courage et s'est-elle suicidée après avoir auparavant étranglé les enfants ? J'ai peur. Je ne sais plus quoi faire. Mes deux petits, je me demande maintenant si je les reverrai jamais. Ils doivent m'attendre chaque soir à l'heure du dîner. Quand j'étais à Liège, je revenais du bureau tous les jours à la même heure. Ils doivent demander à leur mère quand je vais revenir : et ma femme doit leur répondre que je suis parti travailler très loin ou bien que je suis mort. Ce serait bien, au fond, qu'elle leur dise que je suis mort à la guerre et que je ne reviendrai plus jamais jouer avec eux...

— Vous me prenez pour un imbécile, Monsieur de Heutz. Vous croyez m'endormir avec votre histoire de fou. Par-dessus le marché, vous avez le culot de me resservir la même salade que je vous ai racontée ce matin... Vraiment vous chargez un peu trop à mon goût, sans compter que vous manquez totalement d'imagination !

Comme je dis cela, il éclate en sanglots et avec tellement de sincérité que j'en demeure troublé. H. de Heutz pleure vraiment comme un père qui a de la peine, comme un homme accablé par la douleur et qui n'a plus la force d'affronter la vie. Mais je continue de me répéter que cet individu lamentable est en train de me raconter un roman-feuilleton dans le seul but de se déprendre (mais comment ?) du piège où je le tiens. C'est à moi de ne pas perdre pied dans cette compétition aberrante entre lui et moi, et de me rappeler qu'une seule intention le guide dans son improvisation : détourner mon attention, émousser mes réflexes, m'injecter juste assez de doute pour que je relâche ma vigilance, ne serait-ce qu'une fraction de seconde, et qu'il en profite. Je dois réfuter sans cesse le trouble que j'éprouve à le voir ainsi prostré devant moi, le visage défait par l'émotion et couvert de larmes. Cet homme est un imposteur : F.-M. de Saugy, von Ryndt ou H. de Heutz ne font qu'une seule et même personne. H. de Heutz est un ennemi ; et je l'ai emmené ici dans le seul but de l'abattre froidement. Rien au monde ne doit me faire déroger de mon projet. Rien ! surtout pas cette parade d'émotions qu'exécute ce cher africaniste. En toute sincérité, je reconnais que H. de Heutz fait preuve d'un art consommé. Cet homme possède un don diabolique pour falsifier la vraisemblance ; si je n'étais pas sur mes gardes, il m'aurait à coup sûr et pourrait me convaincre qu'il est mon frère, que nous étions nés pour nous rencontrer et pour nous comprendre. J'ai vraiment affaire au diable.

— Ça va comme ça. La comédie a assez duré. Ne vous fatiguez pas pour rien. Je ne crois pas un traître mot de tout ce que vous me racontez...

— Je n'ai plus intérêt à vous raconter des histoires : je sais bien que je suis fini et que dans quelques secondes — à l'instant que vous aurez choisi — vous allez me tuer comme un chien. De toute façon, je ne veux plus vivre, je n'en ai plus la force...

Le voilà qui se remet à pleurer comme un désespéré. J'ai beau le considérer comme le dernier des menteurs et comme un instrument méprisable de la contre-révolution, je suis obligé de reconnaître qu'il pleure vraiment en ce moment ; cela, je le vois bien.

— Mes enfants, je ne les reverrai plus jamais ; je ne veux plus les revoir, car j'en suis indigne... La dernière fois que j'étais avec eux, j'ai pleuré. C'est l'image qu'ils ont gardée de leur père. J'étais effondré. J'avais perdu mon travail, mais je ne l'avais dit à personne encore. Et j'étais incapable d'annoncer cela à ma femme. J'avais déjà commencé de flâner autour des banques en attendant je ne sais quoi, un miracle peut-être. Et j'avais commencé de suivre des gens dans la rue, imaginant qu'à un moment donné l'occasion se présenterait d'elle-même de frapper ces inconnus et de m'emparer de leurs portefeuilles pleins d'argent. Je ne pensais qu'à des actions folles, mais demeurais frappé de stupeur à l'instant de les entreprendre. Tuez-moi ! C'est encore ce qui peut m'arriver de mieux. Je vous en supplie. Tirez. De grâce...

J'ai le doigt sur la gâchette : je n'ai qu'à presser et j'exauce son vœu. Pourtant j'hésite encore. L'histoire qu'il persiste à me raconter me pose une énigme. Pourquoi a-t-il choisi de me réciter exactement la même invraisemblance que je lui ai servie sans conviction ce matin même, alors qu'il me tenait en joue dans le grand salon du château d'Échandens ? Son audace même me fascine et, ma foi, me le rend presque sympathique. Quand il a commencé son baratin, il savait déjà que je ne pouvais pas tomber dans une trappe aussi grossière. Il a sûrement prévu que je ne serais pas dupe de son stratagème incroyable. Dans ce cas, s'il a brodé sur le schéma que j'ai moi-même développé ce matin, ce n'est pas par accident, ni par une combinaison fortuite due aux simples lois de la probabilité. H. de Heutz a donc obéi à un plan précis. Il avait une idée derrière la tête en m'entraînant dans cette charge d'invraisemblance et d'ironie. Laquelle ? Peut-être a-t-il voulu me transmettre un message chiffré. Mais non, je déraisonne puisque entre H. de Heutz et moi il ne saurait y avoir de chiffre, ni de code, ni aucune raison d'échanger quelque message que ce soit. C'est la rupture implacable et l'impossibilité de communiquer autrement que sous forme de coups de feu. Si j'en suis rendu à analyser les intentions profondes de son comportement avec moi, peut-être, au fond, suis-je sur le point de tomber dans le piège qu'il m'a tendu, et que je réagis très exactement comme il l'a voulu ? Ma fascination même — ainsi que son corollaire de doute méthodique et d'hésitation —, il l'a provoquée sciemment. Mais pourquoi ?

— Ne bougez pas ou je tire...

Il pleure encore. C'est gênant à la fin. Je ne sais plus où me mettre. J'ai peine à le regarder et à l'entendre. Cela me met à l'envers. Ce qui me mystifie le plus c'est son autobiographie incroyable qu'il n'a pas inventée dans le but de me duper, mais dans un but plus pervers : pour m'envoûter, me faire douter de la raison d'État qui nous confronte ici dans cet étroit enclos et me conditionne impérieusement à considérer cet interlocuteur de mauvaise foi comme un ennemi à tuer. Cet homme qui pleure devant moi, qui est-ce enfin ? Est-ce Carl von Ryndt, banquier pour la couverture mais surtout agent ennemi ; ou bien H. de Heutz, spécialiste wallon de Scipion l'Africain et de la contre-révolution ; ou encore, serait-il plus simplement le troisième homme, du nom de François-Marc de Saugy, en proie à une dépression nerveuse et à une crise suraiguë de dépossession ? En fin de compte, je suis sans doute en train de me fourvoyer dans le piège indéchiffrable de cette noire trinité, en tergiversant de la sorte sur la présence réelle d'un ennemi triple et à propos de l'étiologie hautement pathogène d'un homme qui, à quelques pas de moi, s'abîme dans la représentation de la douleur qui ne lui appartient pas plus que son nom propre. À vrai dire, la puissance de H. de Heutz m'envoûte encore plus qu'elle me terrifie. À qui ai-je affaire au juste ? À l'ombre métempsychée de Ferragus ? Cet inconnu que je regarde m'attire à l'instant même où je m'apprête à le tuer. Son mystère déconcerte ma préméditation et je reste pantelant devant lui, incapable de diriger mes pensées vers un autre objet et de combattre l'attirance morbide qu'il exerce sur moi.

Tout se ralentit. Mes pulsations mêmes semblent s'espacer. L'agilité supersonique de mon esprit s'affaisse soudainement sous le charme maléfique de H. de Heutz. Je m'immobilise, métamorphosé en statue de sel, et ne puis m'empêcher de me percevoir comme foudroyé. Un événement souverain est en train de se produire, en cet instant où j'occupe un espace réduit dans un bois charmeur qui surplombe Coppet, tandis que le temps qui me sépare de mon rendez-vous avec K sur la terrasse de l'Hôtel d'Angleterre se réduit de plus en plus et que je semble chercher encore, devant un homme impossible à identifier, la raison pure qui m'a fait le poursuivre désespérément et devrait, dès lors, m'incliner à presser la gâchette du Mauser et à faire feu sur lui pour rompre enfin la relation inquiétante qui s'est établie entre nous. Je continue de le regarder, j'entends ses sanglots, et une sorte de mystère me frappe d'une indécision sacrée. Un événement que j'ai cessé de contrôler s'accomplit solennellement en moi et me plonge dans une transe profonde.

Moins verbatile, ma tristesse court secrète dans mes veines. La musique hantée de *Desafinado* chasse le soleil. Je le vois se coucher en flammes au milieu du lac Léman et incendier de sa lumière posthume les strates argileuses des Préalpes. Ville sept fois ensevelie, la mémoire écrite n'est plus effleurée par la flamme génératrice de la révolution. L'inspiration délinquante se noie dans la seiche qui fait frémir le lac devant Coppet.

Rien n'est libre ici : ni mon coup d'âme, ni la traction adipeuse de l'encre sur l'imaginaire, ni les mouvements pressentis de H. de Heutz, ni la liberté qui m'est dévolue de le tuer au bon moment. Rien n'est libre ici, rien : même pas cette évasion fougueuse que je téléguide du bout des doigts et que je crois conduire quand elle m'efface. Rien ! Pas même l'intrigue, ni l'ordre d'allumage de mes souvenirs, ni la mise au tombeau de mes nuits d'amour, ni le déhanchement galiléen de mes femmes. Quelque chose me dit qu'un modèle antérieur plonge mon improvisation dans une forme atavique et qu'une alluvion ancienne étreint le fleuve instantané qui m'échappe. Je n'écris pas, je suis écrit. Le geste futur me connaît depuis longtemps. Le roman incréé me dicte le mot à mot que je m'approprie, au fur et à mesure, selon la convention de Genève régissant la propriété littéraire.

Je crée ce qui me devance et pose devant moi l'empreinte de mes pas imprévisibles. L'imaginaire est une cicatrice. Ce que j'invente m'est vécu ; mort d'avance ce que je tue. Les images que j'imprime sur ma rétine s'y trouvaient déjà. Je n'invente pas. Ce qui attend H. de Heutz dans ce bois romantique qui entoure le château de Coppet me sera bientôt communiqué quand ma main, engagée dans un processus d'accélération de l'histoire, se lancera sur des mots qui me précèdent. Tout m'attend. Tout m'antécède avec une précision que je dévoile dans le mouvement même que je fais pour m'en approcher. J'ai beau courir, on dirait que mon passé antérieur a tracé mon cheminement et proféré les paroles que je crois inventer.

J'ai longtemps rêvé d'inventer mon propre mouvement et mon rythme ; de créer par mes foulées ardentes le chemin à parcourir. Oui, pendant toutes ces années, j'ai rêvé d'une coulée triomphale que, de seconde en seconde, je produirais. Mais je n'arrive pas à tracer autre chose que des mots frappés d'avance à l'effigie de la femme absolue rencontrée quelque part entre Acton Vale et Tingwick qu'on appelle maintenant Chénier, entre un certain 24 juin et ma nuit motile qui ne finit pas. Chaque fragment de ce roman inachevé me rappelle ce fragment de route dans les Cantons de l'Est et un fragment de nuit arrachée à une fête nationale. Ce roman métissé n'est qu'une variante désordonnée d'autres livres écrits par des écrivains inconnus. Pris dans un lit de glaise, je suis le cours et ne l'invente jamais. Ceci vaut pour tout ce que j'écris : me voici donc au fond d'une impasse où je cesse de vouloir avancer. Cette constatation déprimante devrait me porter à m'en dégager à tout prix et à trouver une contre-vérité compensatoire. Mais je ne trouve pas d'au-delà à mon évidence, d'autant plus que je résiste à la transposer en un système rigide. Je refuse toute systématisation qui m'enfoncerait plus encore dans la détresse de l'incréé. Le romancier pseudo-créateur ne fait que puiser, à même un vieux répertoire, le gestuaire de ses personnages et leur système relationnel. Si je dénonce en ce moment la vanité fondamentale de l'entreprise d'originalité, c'est peut-être dans cette noirceur désolante que je dois continuer et dans ce labyrinthe obscurci que je dois m'enfoncer. Nul dévergondage scripturaire ne peut plus me masquer le désespoir incisif que je ressens devant le nombre de variables qui peuvent entrer dans la composition d'une œuvre originale. Mais pourquoi suis-je à ce point sensible à ce problème de l'originalité absolue ? Je ne sais pas ; mais depuis que mon esprit annule son propre effort dans la solution de cette énigme, je suis affligé d'un ralentissement progressif, frappé de plus en plus d'une paralysie criblante. Ma main n'avance plus. J'hésite à commettre un acte de plus ; je ne sais plus comment agir soudain. Je sens bien que le prochain virage est dangereux et que je risque tout à m'avouer le sujet de mon hésitation. Ce n'est plus l'originalité opératoire de la littérature que je désamorce, c'est l'existence individuelle qui éclate soudain et me désenchante ! Mais alors si ce choc qui anéantit mon ambition d'originalité écrite me terrasse à ce point ; si je suis subitement privé de ma raison d'écrire parce que je perçois mon livre à venir comme prédit et marqué d'avance, selon la cotation Dewey, d'un coefficient infime d'individuation et que, dans un même temps, je n'en cesse pas pour autant de vouloir écrire, c'est donc que l'écriture ne devient pas inutile du seul fait que je la départis de sa fonction d'originalité et que justement cette fonction génétique ne la résume pas. Du moins, l'ambition d'originalité n'est pas seule à valoriser l'entreprise littéraire. On peut donc entreprendre un roman d'espionnage dont l'action se déroule comme une anomalie sur les bords du lac Léman, avec un autre motif que d'en faire une œuvre unique ! L'originalité à tout prix est un idéal de preux : c'est le Graal esthétique qui fausse toute expédition. Jérusalem seconde, cette unicité surmultipliée, n'est rien d'autre qu'une obsession de croisés. C'est la retransposition mythique du coup de fortune sur lequel s'est édifié le grand capitalisme.

Le roman que j'écris, ce livre quotidien que je poursuis déjà avec plus d'aise, j'y vois un autre sens que la nouveauté percutante de son format final. Je suis ce livre d'heure en heure, au jour le jour ; et pas plus que je ne me suicide, je n'ai tendance à y renoncer. Ce livre défait me ressemble. Cet amas de feuilles est un produit de l'histoire, fragment inachevé de ce que je suis moi-même et témoignage impur, par conséquent, de la révolution chancelante que je continue d'exprimer, à ma façon, par mon délire institutionnel. Ce livre est cursif et incertain comme je le suis ; et sa signification véritable ne peut être dissociée de la date de sa composition, ni des événements qui se sont déroulés dans un laps de temps donné entre mon pays natal et mon exil, entre un 26 juillet et un 24 juin. Écrit par un prisonnier rançonné à dix mille guinées pour cure de désintoxication, ce livre est le fruit amer de cet incident anecdotique qui m'a fait glisser de prison en clinique et m'oblige, pendant des jours et des jours, à m'occuper systématiquement pour ne pas me décourager. Ce livre est le geste inlassablement recommencé d'un patriote qui attend, dans le vide intemporel, l'occasion de reprendre les armes. De plus, il épouse la forme même de mon avenir : en lui et par lui, je prospecte mon indécision et mon futur improbable. Il est tourné globalement vers une conclusion qu'il ne contiendra pas puisqu'elle suivra, hors texte, le point final que j'apposerai au bas de la dernière page. Je ne me contrains plus à pourchasser le sceptre de l'originalité qui, d'ailleurs, me maintiendrait dans la sphère azotée de l'art inflationnaire. Le chef-d'œuvre qu'on attend n'est pas mon affaire. Je rêve plutôt d'un art totalitaire, en genèse continuelle. La seule forme que je poursuis confusément depuis le début de cet écrit, c'est la forme informe qu'a prise mon existence emprisonnée : cet élan sans cesse brisé par l'horaire parcellaire de la réclusion et sans cesse recommencé, oscillation binaire entre l'hypostase et l'agression. Ici, mon seul mouvement tente de nier mon isolement ; il se traduit en poussées désordonnées vers des existences antérieures où, au lieu d'être prisonnier, j'étais propulsé dans toutes les directions comme un missile débauché. De cette contradiction vient sans doute la mécanique ondulatoire de ce que j'écris : alternance maniaque de noyades et de remontées. Chaque fois que je reviens à ce papier naît un épisode. Chaque session d'écriture engendre l'événement pur et ne se rattache à un roman que dans la mesure illisible mais vertigineuse où je me rattache à chaque instant de mon existence décomposée. Événement nu, mon livre m'écrit et n'est accessible à la compréhension qu'à condition de n'être pas détaché de la trame historique dans laquelle il s'insère tant bien que mal. Voilà soudain que je rêve que mon épopée déréalisante s'inscrive au calendrier national d'un peuple sans histoire ! Quelle dérision, quelle pitié ! C'est vrai que nous n'avons pas d'histoire. Nous n'aurons d'histoire qu'à partir du moment incertain où commencera la guerre révolutionnaire. Notre histoire s'inaugurera dans le sang d'une révolution qui me brise et que j'ai mal servie : ce jour-là, veines ouvertes, nous ferons nos débuts dans le monde. Ce jour-là une intrigue sanguinaire instaurera sur notre sable mouvant une pyramide éternelle qui nous permettra de mesurer la taille de nos arbres morts. L'histoire commencera de s'écrire quand nous donnerons à notre mal le rythme et la fulguration de la guerre. Tout prendra la couleur flamboyante de l'historique quand nous marcherons au combat, mitraillette au poing. Quand nos frères mourront dans les embuscades et que les femmes seront seules à fêter le 24 juin, ce que nous écrivons cessera d'être un événement et sera devenu un écrit. L'acte seul prévaudra. Seule l'action insaisissable et meurtrière de la guérilla sera considérée comme historique ; seul le désespoir agi sera reconnu comme révolutionnaire. L'autre, l'écrit ou le chanté, émargera à la période prérévolutionnaire.

La révolution viendra comme l'amour nous est venu, un certain 24 juin, alors que tous les deux, nus et glorieux, nous nous sommes entre-tués sur un lit d'ombre, au-dessus d'une vallée vaincue qui apprenait à marcher au pas. Elle viendra à la manière de l'événement absolu et répété qui nous a consumés et dont la plénitude me hante ce soir. Ce livre innommé est indécis comme je le suis depuis la guerre de Sept Ans, anarchique aussi comme il faut accepter de l'être à l'aube d'une révolution. On ne peut vouloir la révolution dans la sobriété, ni l'expliquer comme un syllogisme, ni l'appeler comme on procède en justice. Le désordre inévitable me gagne déjà et pétrit mon âme : je suis envahi comme le champ d'une bataille que je prépare dans la fébrilité. C'est sur nous et en nous que le grand bouleversement commence ; dans nos existences vulnérables et nos rencontres amoureuses que les premiers coups sont portés. L'anarchie annonciatrice se manifeste par notre ministère et nous jette en prison, brisés, insatisfaits, malades. La révolution que j'appelle m'a blessé. Les hostilités n'ont pas encore commencé et mon combat est déjà fini. Hors combat prématurément, évacué vers l'intérieur loin de la ligne de feu, je suis ici un blessé de guerre ; mais quelle blessure cruelle, car il n'y a pas encore de guerre selon la lettre. C'est là ma blessure. Mon pays me fait mal. Son échec prolongé m'a jeté par terre. Blessé fantôme, je passe derrière des barreaux les premières secousses d'une histoire inédite, semblable à ce livre en cela seulement qu'elle est inédite et que j'ignore les noms de mes frères qui seront tués au combat, autant que j'ignore les titres des différents chapitres de mon roman. J'ignore même ce qu'il adviendra de mes personnages qui m'attendent dans le bois de Coppet. J'en viens à me demander si j'arriverai à temps à l'Hôtel d'Angleterre, car cela seul me préoccupe maintenant : le temps qui me sépare de notre rencontre fuit.

Le vague à l'âme s'infiltre en moi par toutes les valves de la lecture et de l'ennui. Entre l'avant-dernière phrase et celle-ci, j'ai laissé couler quatre ou cinq révolutions nationales, un nombre égal d'empires, de saintes alliances et de joyeuses entrées. Dans ce même interstice, j'ai vu une dizaine de révolutions tourner à l'échec, à commencer par la révolution de Genève de 1781, celle des Provinces-Unies des Pays-Bas en 1787, celle des Pays-Bas autrichiens et de Liège. En moins de vingt-quatre heures, j'ai vécu sans dérougir de 1776 à 1870, du Boston Tea Party au Camp de la Misère sur la Meuse non loin de Sedan, cherchant à me nourrir de l'eau dure de mes souvenirs. Depuis hier, quelque part entre H. de Heutz et Toussaint-Louverture, j'immerge dans l'eau séculaire des révolutions. J'ai frémi aux milles suicides de Tchernychevski et au romantisme insurrectionnel de Mazzini. Ces grands frères dans le désespoir et l'attentat sont à peine moins présents en moi que les patriotes, mes frères inconnus, qui m'attendent dans le secret et l'impatience. Me reconnaîtront-ils ?

Mes frères selon la guerre sont virtuels comme les personnages improbables qui m'attendent plus loin au cours de ce récit, qui me surprendront peut-être et, à mesure que je les déterminerai à des actions précises, m'obligeront à me souvenir d'eux au lieu de les attendre comme en ce moment, fasciné par l'aire de disponibilité dans laquelle ils se meuvent comme à l'intérieur d'une préhistoire qu'il ne tient qu'à moi de faire cesser en écrivant ce qu'ils n'ont pas encore fait et qu'ils feront dans l'exacte proportion où mon invention sans élan les actualise.

Les siècles défilent à longueur de nuit sous les fenêtres de notre amour. Mais je t'ai perdue mon amour ; et toute cette musique a cessé de me griser. J'ai besoin de te revoir. Sans toi, je meurs. Le paysage immense de notre amour s'assombrit. Je ne vois ni le piédestal ravagé des Hautes-Alpes, ni les grandes coulées mortes des glaciers. Je ne vois plus rien : ni la voûte synclinale du lac, ni la masse renversée de l'Hôtel d'Angleterre, ni le Château d'Ouchy, ni la crête des grands hôtels de Lausanne, ni ce chalet invisible que j'ai rêvé d'acheter à Évolène dans la haute vallée d'Hérens, ni la forme vespérale du château de Coppet. Plus rien ne me sauve. Mon cercueil plombé coule au fond d'un lac inhabité. Les décades d'échecs et de batailles rangées ne me nourrissent plus, non plus que les siècles de ma vie amoureuse qui se réduisent à quelques dates sur une enveloppe.

J'ai besoin de toi ; j'ai besoin de retrouver le fil de notre histoire et l'ellipse qui me ramènera à la chaleur de nos deux corps consumés. Je ne sais où reprendre. Je me souviens de ce dialogue avec H. de Heutz dans le bois de Coppet. Mais il s'est passé tellement de choses depuis. Tout s'est déroulé à si vive allure et je me trouve à ce point engagé dans ce processus qui me bouscule, qu'il me presse moins de faire le récit de ce qui s'est passé entre Coppet et maintenant, que de me concentrer sur ce qui se passe et menace de se passer. Le temps m'entraîne. Cette longue attente ne m'a nullement conditionné à l'action. Quand celle-ci survient, je suis pris au dépourvu, contraint d'improviser lors même que je m'étais soigneusement préparé à toute éventualité. J'aurais dû deviner tout cela quand je me suis trouvé dans le château d'Échandens, face à H. de Heutz qui me tenait en joue.

En fait, tout a commencé à se brouiller au moment de cette rencontre confuse pendant laquelle j'ai passé mon temps à agir en admettant implicitement que personne ne pouvait être témoin de la conversation entre H. de Heutz et moi. Je me suis dépris du piège, et je n'ai même pas pensé qu'à l'instant où je poussais H. de Heutz devant moi à la pointe du revolver, une autre personne se trouvait tout près et m'observait, réjouie sans aucun doute de me voir défoncer avec tant de forfanterie une porte grande ouverte. C'est dans cet intervalle entre ma séquestration et ma fuite, entre le moment où j'ai désarmé H. de Heutz et celui où je l'ai enchâssé dans le coffre arrière de l'Opel, que j'ai manqué de logique. J'ai agi comme un fugitif impunissable, alors que je donnais à pieds joints dans une trappe béante. J'ai affiché d'ailleurs une assurance folle. Justement, j'aurais dû me méfier, car tout s'est déroulé comme au cinéma avec une facilité louche. Plus je repense à ces quelques minutes, plus je m'interroge sur la vraisemblance de cette séquence. Je me demande même si H. de Heutz n'a pas poliment ralenti son rythme de riposte quand j'ai fait ma grande passe pour le désarmer, histoire de m'aider un peu. Oui, j'en ai la certitude : il a triché insensiblement pour me laisser le temps d'entrer dans la peau du vainqueur et de me conformer sans heurt au scénario qui avait été prévu pour m'empiéger. H. de Heutz n'a opposé aucune résistance à mon injonction. Il s'est couché en chien de fusil dans le coffre de l'auto. À l'instant où j'ai fait claquer le couvercle sur sa tête, il a sans doute esquissé un sourire d'aise, car je ne faisais que lui obéir docilement sans même qu'il ait à préciser ses ordres. J'étais devenu son médium : H. de Heutz m'avait plongé, sans que je m'en aperçoive, en pleine catalepsie et continuait, depuis son poste hermétique, à me guider dans l'inconscience et le ravissement. Si j'avais eu juste la force de me retourner vivement, j'aurais aperçu deux yeux braqués sur moi, derrière une des fenêtres de la face nord du château.

En ce moment même, il se peut que la situation dans laquelle je me trouve m'incline à exagérer l'indice de préméditation du piège que m'a tendu ce cher H. de Heutz. Admettons qu'il ait prévu que j'allais tenter de lui échapper et que, entre autres éventualités, je sauterais dans la petite Opel pour m'enfuir. D'accord. Mais comment aurait-il pu imaginer précisément que j'allais l'inviter à se coucher dans le coffre de l'auto que je lui empruntais ? Il ne pouvait pas prévoir ma démarche, donc il prévoyait autre chose, soit : que je m'empare de l'Opel et que je fuie seul ! Selon la logique interne de cette modalité, H. de Heutz, après s'être réarmé, m'aurait pris en chasse avec l'autre auto que je n'ai pas vue mais qui, très certainement, devait se trouver dans le garage dont les portes étaient fermées. Par surcroît, H. de Heutz avait la certitude absolue de me rattraper : une seule route traverse Échandens et à partir du moment où il m'avait vu fuir dans un sens ou dans l'autre, il avait amplement le temps d'ouvrir calmement les portes du garage et d'en sortir l'autre auto. De toute façon, je roulais forcément sur sa route avec, tout au plus, quelques minutes d'avance sur lui. Problème rigoureusement technique : je ne pouvais pas lui échapper, à moins bien sûr que, dans sa hâte, il perde le contrôle de son engin et se fracture le crâne sur un arbre centenaire, probabilité hautement improbable quand on connaît H. de Heutz.

Somme toute, à partir du moment où j'ai dérogé au plan que H. de Heutz avait prévu, il s'est trouvé neutralisé du coup et, sait-on jamais, désemparé. Du moins, l'espace de quelques secondes. Car ce serait le sous-estimer que de ne pas supposer qu'il avait prévu toute éventualité, même sa mort ! Par conséquent, l'autre se tenait déjà dans mon dos, voilé par les rideaux d'une fenêtre. Et l'autre m'a regardé manœuvrer H. de Heutz selon un protocole un peu baroque ; quand il m'a vu prendre la route qui traverse Échandens en direction de Saint-Prex, il a eu le temps d'enfiler sa veste, d'assujettir son gros calibre dans une gaine en cuir repoussé, de se rendre par l'intérieur jusqu'au garage, de sortir une auto à grosse cylindrée et de me prendre en filature, sans même que je m'en aperçoive d'ailleurs, puisque je n'avais pas pris la précaution de jeter un coup d'œil dans le garage pour voir la marque de l'auto qui s'y trouvait. Forcément, comme je ne connaissais ni l'auto qui me suivait, ni l'identité de son chauffeur, j'ai été escorté sans même m'en rendre compte, car, bien sûr, l'autre — l'ami de H. de Heutz — a pris les précautions nécessaires pour ne jamais attirer mon attention, variant sans cesse sa position sur la route, son angle de surveillance et la distance qui nous séparait. Il a sans doute pris la liberté, à un moment donné, de passer à un cheveu de l'Opel et de me regarder dans le blanc des yeux comme si de rien n'était. L'autoroute de Genève est assez large et assez encombrée pour camoufler les manœuvres expertes d'un espion. Quand il me doublait presque en me frôlant, comment aurais-je pu savoir que c'était lui ? Comment démasquer un ennemi quand, par un paradoxe aberrant, on l'a éliminé d'une façon incontestable et qu'il n'existe pas ?

Ainsi, j'ai roulé depuis Échandens jusqu'à la place Simon-Goulart à Genève, sans même penser, ne serait-ce que par réflexe de méfiance, que pendant tout ce voyage qui m'enchantait, l'autre était tout près de moi sur la route, roulant dans mon sillage ou moi dans le sien, me doublant sur la gauche et sur la droite, prenant une grande avance sur moi (tout en gardant mon reflet dans son rétroviseur) ou me laissant le dépasser fougueusement sans jamais me perdre de vue. En arrivant dans Genève, je me suis retrouvé rapidement à la place Simon-Goulart qui s'ouvre, dans la transparence du jour, sur toute une mesure de montagnes et de neiges éternelles. À l'instant où j'ai stationné l'auto tout près de la Banque Arabe, un inconnu parfaitement inoffensif stationnait son auto non loin de la mienne sans jamais me perdre de vue : l'autre ! Il m'a observé à loisir pendant que j'énumérais, une à une, toutes les raisons qui m'inclinaient à déguerpir de la place Simon-Goulart où m'attendait ma Volvo. Peut-être même s'est-il installé derrière la grande fenêtre à barreaux de la Banque Arabe, faisant mine de remplir un bordereau, tandis que, dans son champ visuel, j'hésitais sans grâce et me comportais avec maladresse, ne sachant trop que faire de l'Opel et de la Volvo, l'une pleine, l'autre vide, alors que le soleil du matin irradiait sur la grande ceinture des pics et des aiguilles, plongeant dans l'ombre les flancs dégradés du Mont Maudit ? Cela ne fait aucun doute : je me suis fait avoir d'un bout à l'autre. Tout à commencé dans le grand salon du château d'Échandens quand j'étais assis face à H. de Heutz et aux trois grandes fenêtres qui me découvraient le parc élégant du château et l'espace incantatoire de la grande vallée au fond de laquelle le lac Léman s'illuminait sous les premiers rayons du soleil qui, à ce moment, se trouve à son apogée.

Je n'ai pratiquement pas dormi depuis vingt-quatre heures. À deux heures du matin je suivais encore une ombre qui me suivait et au lever du soleil, soit vers cinq heures trente, j'étais face à mon ennemi numéro un, découragé de mesurer les erreurs qui m'avaient conduit à cet échec, incapable d'imaginer autre chose, pour meubler les vides de la conversation, que cette histoire de dépression nerveuse : deux enfants, femme abandonnée, fuite, mes ambitions lamentables de vols de banque et ma résolution finale d'utiliser mon Colt spécial à bon escient en me flambant la cervelle dans un terrain vague de Carouge. Je n'ai pas eu le temps de récupérer depuis hier, sinon pendant les quelques heures où j'ai dormi d'un sommeil comateux. Et maintenant, je me trouve en quelque sorte dans cet entracte infinitésimal pendant lequel j'ai tout juste le temps de comprendre ce qui m'est arrivé et de me préparer à ce qui m'attend, marge insondable d'obstacles et de temps qui me sépare de notre rendez-vous à la terrasse de l'Hôtel d'Angleterre. Les derniers événements m'ont surpris à tel point que j'ai peine à rétablir leur ordre de succession. Je me souviens de H. de Heutz appuyé sur le coffre de l'auto, prostré dans sa douleur et continuant d'évoquer les dernières heures qu'il a passées avec sa femme et ses deux enfants en Belgique, quelque part dans les anciens Pays-Bas autrichien. Au dernier moment, m'a-t-il dit, il a hésité entre le suicide dans la Meuse et son projet de fuite. Il m'a dit aussi que ce qui le faisait le plus souffrir, c'était de se souvenir indistinctement de ses deux petits garçons, de ne pouvoir imaginer nettement les traits de leurs visages ou le timbre de leurs voix. H. de Heutz pleurait abondamment en me racontant son abominable vie.

C'est à ce moment précis que j'ai perçu un signe ! Dès lors, tout s'est précipité avec une rapidité foudroyante ; j'ai d'abord couru dans le bois de Coppet en me dirigeant vers ce que j'ai cru le centre même de cette forêt. Au bout de quelques minutes de cette course effrénée, je suis arrivé sur un promontoire qui domine le village de Coppet. Là, dans ce paysage éblouissant, juste au-dessus de l'eau turquoise et face au Roc d'Enfer qui se tient debout en avant du groupe enchevêtré des grands massifs, j'ai prêté l'oreille : aucun bruit ne m'a paru suspect, du moins parmi ceux que je percevais. En tâtant ma poche-revolver, je constatai que j'avais gardé avec moi le jeu de clés de l'Opel. De toute façon, H. de Heutz n'en avait plus besoin : il était monté tout simplement dans l'auto de l'autre. Il m'a semblé un moment (me suis-je trompé ?) que l'autre était une femme : sans doute, celle qui marchait au bras de H. de Heutz dans les rues de Genève et qui a disparu soudain comme par enchantement. Comment en être certain ? Je n'ai fait qu'apercevoir l'auto : je l'ai devinée plus encore que je ne l'ai vue. Elle a presque jailli derrière moi silencieusement, sur la petite route. C'est au sourire de H. de Heutz que j'ai pressenti l'événement ; c'est son regard qui m'a fait réagir plus encore que le glissement des pneus sur l'asphalte et le vrombissement imperceptible du moteur. J'ai soudain compris que j'étais cerné. Et dès lors, je n'avais pas le choix : cette intrusion soudaine m'obligeait à exécuter H. de Heutz devant un témoin et, au pire, m'exposait au tir imprévisible de l'intrus. Je me suis retourné, j'ai vu l'auto glisser derrière les feuilles, et l'autre au volant : une femme. J'ai d'abord vu des cheveux blonds. Mais comment se fier à une vision si fugace, taxée d'avance par tant de circonstances hallucinogènes ? Les cheveux blonds étaient sans doute un effet secondaire de l'éclat du soleil et de mon éblouissement, à telle enseigne d'ailleurs que je ne saurais affirmer que l'autre était une femme et que cette femme, improbable, avait une chevelure blonde. Vision fugace déformée par le danger, ce qu'il m'en souvient est vague et incertain, à moins que la peur ne rende le regard suraigu ! Enfin... Quand j'ai entendu le claquement d'une porte d'auto, j'ai vite compris que je ne pouvais prendre la fuite dans l'Opel sans surgir au beau milieu du champ de vision de l'inconnue et lui servir de cible mouvante. J'ai gardé H. de Heutz en joue, tout en contournant l'auto par le côté opposé. Une fois rendu devant la grille du moteur, je me trouvais déjà en meilleure position. H. de Heutz se tenait devant moi, au beau milieu de l'espace historique où allait apparaître incessamment la silhouette de l'autre. Les secondes galopaient plus vite que mes idées. Je suis venu à un cheveu de presser la gâchette et d'en finir avec H. de Heutz. Mais que serait-il arrivé l'instant d'après ? L'autre, cette femme blonde, se trouvait postée tout près de moi, mais je ne savais pas exactement où : je la sentais seulement. Si j'avais tué H. de Heutz à la hâte, l'autre m'aurait vidé son chargeur dans la tête et je me serais effondré à contretemps. Avant de perdre ma direction dans ce courant précipité de possibles et d'impondérables, j'ai esquissé un mouvement de retraite, sur la pointe des pieds tout d'abord, en tenant mon arme pointée sur H. de Heutz qui me regardait ; puis, m'étant dégagé suffisamment pour amortir le bruit de mes pas, je me suis mis à courir vers ce que j'ai cru être le cœur de la forêt pour me trouver enfin, après quelques minutes d'un sprint épuisant, dans cet observatoire naturel qui surplombe le village de Coppet, face au temple éventré des Dents du Midi, seul enfin, absolument seul et ne sachant trop encore si j'étais menacé ou impuni, mais conscient à coup sûr que H. de Heutz ne se trouvait plus à portée de tir de mon arme et que, après avoir évité de justesse un second piège, je me trouvais avoir doublement échoué dans ma mission. H. de Heutz n'était pas mort. Et l'échéance maintenant plus rapprochée de ma rencontre avec K me hantait.

Une heure sonnait à la mairie de Coppet. Un bien-être insensé m'inondait quand même en cet instant et je respirais à pleins poumons l'air frais qu'un vent léger transportait vers les vignobles de l'arrière-pays. Un calme profond régnait partout autour de moi. Ce plein midi vaporeux inclinait à la douceur et au repos. Une lumière diffuse baignait la vallée du Rhône et l'architecture déchaînée du paysage qui se déroule autour de Coppet en autant de styles qu'il y a d'époques qui se superposent, depuis les cultures récentes de la vallée méridionale jusqu'aux têtes de plis de la haute antiquité glaciaire. Posté sur ce promontoire, capable d'un seul regard de saisir la trouée sauvage qui, de la Furka jusqu'à Viège, de Viège à Martigny, en passant par le couloir escarpé du Haut-Valais, a sculpté impétueusement les versants, les crêtes et les murs de granit qui n'en finissent plus de se déchiqueter en hauteur et de s'entremêler dans une étreinte calcaire depuis le Haut de Cry jusqu'à la Dent de Morcles, je contemplais l'incomparable écriture de ce chef-d'œuvre anonyme fait de débris, d'avalanches, de zébrures morainiques et des éclats mal taillés d'une genèse impitoyable. J'ai regardé longuement ce paysage interrompu qui se déploie en un cirque évasé depuis les contreforts des Alpes bernoises jusqu'aux cimes glorieuses des massifs valaisans et des Alpes pennines. Puis j'ai fait quelques pas sur le promontoire et j'ai dévalé un petit sentier qui m'a conduit à Coppet, sur une petite place bornée au sud par la fuite grandiose de l'eau du Rhône et celle, imperceptible, des montagnes flottantes. Autour de cette place minuscule, des boutiques s'offraient au passant. Repris par mon appétit à la vue d'une devanture de charcutier, je pris la décision de prendre un bon déjeuner. L'horloge de la mairie marquait une heure dix. Et je mis quelques minutes à peine, en suivant la Grand-Rue, à rejoindre le centre de Coppet.

Je me suis arrêté finalement à l'Auberge des Émigrés dont l'arrière donne sur le lac et la façade sur la Grand-Rue. J'ai choisi une table à deux tout près de la fenêtre, si bien que je me trouvais assis à contre-courant du Rhône, face au gouffre alluvionnaire encastré dans ses parois d'aiguilles et de massifs cristallins. Réjoui de m'attabler enfin après tant d'heures de chasse et de contre-chasse, je me suis senti exempté soudain de toute inquiétude au sujet de H. de Heutz. J'aurai tout le temps d'y repenser efficacement, me suis-je dit, quand j'aurai quelque chose dans l'estomac. J'ai d'abord commandé des crêpes fourrées au jambon avec un gratin d'emmenthal et une bouteille de Réserve du Vidôme. J'étais en bonne voie. L'Auberge des Émigrés est un endroit fort sympathique ; je m'y trouvais presque seul. Un couple au fond parlait anglais. La saveur fruitée de ce vin blanc des coteaux d'Yvorne acheva de me convaincre que j'avais pris une bonne décision en venant m'attabler au restaurant ; de toute façon, il fallait que je mange car je n'aurais pu maintenir beaucoup plus longtemps le rythme affolant de cette course à relais avec l'hagiographe de Scipion l'Africain. Oubliant pour un moment que l'apparition magique d'une femme blonde au volant d'une auto m'avait empêché d'en finir avec H. de Heutz, je me suis attaqué aux crêpes fourrées avec fébrilité, m'interrompant de temps en temps pour avaler une gorgée de ce vin blanc fruité que j'avais eu la bonne idée de me faire servir. L'esprit ne manquerait pas de me revenir après un bon repas. Et c'était tout à fait succulent ! Après les crêpes, ce fut un poulet sauté du Mont Noir arrosé d'une sauce épaisse, avec quoi j'ai commandé un Château Puidoux du meilleur cru. Le temps cessant de me comprimer, je me laissais aller au plaisir de manger et de boire, et à celui, non moins grisant, de me trouver sur un balcon au-dessus du lac, dans ce paysage antique qu'il me plaisait d'habiter en transit et de parcourir follement dans ses moindres plissements. Ce collège de montagnes et cette vallée grandiose, depuis plus de quarante-huit heures je m'y étais perdu mille fois sans jamais m'en détacher. L'axe seul avait changé depuis l'instant où j'avais retrouvé la femme que j'aime près de la place de la Riponne.

Et c'est ce même lac immobile, aperçu à l'aube suivante, qui a coulé en nous après douze mois de séparation et que nous avons retrouvé hier, au sortir de notre caresse, à l'heure où le soleil incline vers la Dent du Chat et la Grande Chartreuse. En deux jours d'une course lente de la place de la Riponne à l'Hôtel d'Angleterre, du Château d'Ouchy à La Tour-de-Peilz, de Clarens à Yvorne et à Aigle, d'Aigle à Château-d'Œx en passant par le col des Mosses, de Château-d'Œx à Carouge, puis d'Échandens à Genève et de Genève à Coppet, je n'ai fait que circonscrire la même voûte renversée, tournant ainsi autour du grand lit fluviatile qui me subjugue en ce moment même, alors que je m'abandonne à la course effusive des mots...

Quand j'ai attaqué la tomme de Savoie et la petite pointe de vacherin, tout en buvant un Côtes-du-Rhône, il était déjà une heure quarante-cinq ; et près de deux heures cinq, quand j'ai avalé d'un trait un verre de Williamine pour me remettre d'aplomb avant de quitter ce restaurant que je ne suis pas près d'oublier. Dans la Grand-Rue de Coppet, tout était paisible. J'ai fait quelques pas sur le trottoir, en bon touriste. Dégagé de toute obsession et immunisé par l'effet des vins et de la Williamine, contre le dénommé H. de Heutz, j'ai goûté le pur plaisir de flâner doucement sans presser le pas, comme j'aimais le faire chaque matin à Leysin pour aller acheter la *Gazette de Lausanne* chez Trumpler, après quoi je montais jusqu'à la gare de la crémaillère d'où je pouvais contempler, accoudé à la balustrade, le réseau des grandes Alpes depuis le Pic Chaussy jusqu'au grand Muveran, puis, à l'arrière-plan juste devant moi, le Tour Noir, les Chardonnets, l'Aiguille du Druz et les Dents du Midi, et, sur ma droite, dans une enfilade fuyant vers le sud, la Crête de Linges, les Cornettes de Bise, les Jumelles et une sorte d'écran brumeux qui, par sa condensation, me permettait de situer le lac Léman. Cette même cordillère violentée me cernait encore alors que je flânais dans la Grand-Rue de Coppet, insouciant et heureux.

Je me suis arrêté à la devanture d'un libraire : une photo de Charles-Ferdinand Ramuz s'y trouvait exposée au milieu d'exemplaires de *Derborence* et de *la Beauté sur la terre.* Je suis entré dans la librairie, par curiosité, et sans doute parce que je voulais retarder le moment de n'avoir plus rien d'autre à faire que de penser à H. de Heutz. L'intérieur de la boutique donnait une impression de sérénité. Les livres couvraient les murs : disposées proprement et classés par collections, ils formaient ainsi des taches géométriques de couleurs et de formats différents. Je pris soin de prévenir le libraire que je ne cherchais rien de précis ; et il ne manqua pas de m'inviter aimablement à bouquiner à mon gré. J'ai d'abord tiré d'un rayon le *Guide bleu de la Suisse* et me suis empressé de l'ouvrir à Coppet. Je croyais y trouver un diagramme à petite échelle de Coppet, à l'aide duquel j'aurais pu situer ma position, celle de l'Opel demeurée à l'orée du bois, et aussi reconstituer le trajet que j'avais parcouru dans la petite forêt pour déboucher enfin sur le promontoire. Rien de cela ; mais une foule de renseignements au sujet de la famille Necker et de Madame de Staël qui fut mise en résidence surveillée dans son propre château. Je remis le *Guide bleu* sur son rayon, comme si j'avais décidé entre-temps de ne plus circuler en Suisse. Conscient que le temps s'en allait et que je faisais mine de ne pas m'en apercevoir, je ne m'intéressais pas vraiment aux titres que je faisais défiler sous mes yeux. Soudain, je me suis adressé au libraire :

— Pardon, Monsieur... Je cherche un ouvrage historique sur César et les Helvètes, par un auteur qui se nomme H. de Heutz...

— H. de Heutz... Il me semble que j'ai vu ce nom-là quelque part.

Le libraire se mit à chercher dans ses rayons avec une application systématique.

— Vous connaissez peut-être la maison d'édition ?

— Non, je regrette.

— Ce nom de Heutz me dit quelque chose...

Il était déjà deux heures et demie lorsque j'ai conçu mon plan d'action. J'ai mis la main dans ma poche, tout en feignant de prospecter les ouvrages historiques, et j'ai dénombré les clés sans les exhiber. Ma décision était prise. Puis, comme je voyais bien que le libraire avait encore plus de difficulté que moi à trouver les œuvres de H. de Heutz, je l'ai remercié de ses efforts. Par politesse, j'ai pris le premier livre qui m'est tombé sous la main, *Notre agent à La Havane* de Greene, que j'ai payé sur-le-champ, pressé déjà de me trouver dehors et de passer à l'action. Une fois sur le trottoir de la Grand-Rue, j'ai cherché en vain un taxi. Puis je me suis engagé résolument en direction de la gare. Avant même d'y arriver, j'ai hélé un taxi qui stoppa.

— Au château !

C'est en donnant cet ordre que je repris instantanément possession de toutes mes forces. Affalé sur la banquette, je songeais avec une certitude bienfaisante que j'allais enfin arriver à un résultat positif et, par un coup de maître, estourbir H. de Heutz, après quoi, libre comme l'air, j'irais rejoindre

K à la terrasse de l'Hôtel d'Angleterre. Après quelques minutes, le taxi s'arrêta à la grille du parc des Necker. Pour laisser le temps au chauffeur de faire volte-face et de reprendre la direction du village, je fis semblant d'examiner la façade vétuste du château et la grille en fer forgé qui en interdit l'entrée. Aussitôt que le taxi fut sorti de mon champ de vision, je me suis mis à marcher comme un promeneur solitaire sur l'étroit chemin qui forme un coude et longe la lisière de la forêt. Personne autour. Le bruissement des feuilles, le chant des oiseaux et celui du vent de moraine emplissaient le silence pastoral de la nature. La petite forme bleue de l'Opel m'est apparue soudain à travers un bouquet d'arbres. Je me suis immobilisé quelques secondes à l'affût d'un froissement insolite qui m'aurait averti d'une présence ennemie. Mais rien ne sonnait faux dans le murmure égal de cette belle journée d'été. J'ai fait quelques pas, prudemment, dans la forêt et me suis retrouvé à l'endroit même d'où je m'étais enfui quelques heures plus tôt. Le coffre arrière de l'auto était resté ouvert : son volet à ressort oscillait faiblement dans le vent. Je le fermai, sans pouvoir éviter de faire un grand bruit. Je n'eus aucune difficulté à repérer la clé, modèle GM, que je glissai dans la bobine de contact pour lancer la petite Opel sur la route.

Le trousseau à chaînette contenait quatre clés en tout : je n'aurais donc qu'à faire jouer les trois autres clés dans la serrure du château d'Échandens. Une des trois, à coup sûr, devait donner accès au château où j'avais décidé de retourner. Une fouille, même hâtive, me révélerait sûrement quelque chose et je finirais peut-être par y faire des découvertes qui nous seraient utiles pour démasquer nos ennemis. De plus, en m'introduisant dans ce château je déjouais toutes les prévisions de H. de Heutz qui finirait bien par surgir dans mon aire visuelle comme une cible parfaite et figée de stupeur. Une seule précaution à prendre en pénétrant dans le parc du château : masquer parfaitement l'Opel bleue, dans le garage, de préférence, puisque l'autre en avait retiré l'auto qui m'a escorté jusqu'à Genève et qui est passée dans mon dos à l'instant même où j'allais tuer H. de Heutz. Depuis, H. de Heutz et son associée à la chevelure blonde doivent me chercher non sans une pointe de rage. De guerre lasse, ils finiront bien par revenir à leur château sans se douter que c'est précisément là, dans leur redoute, que je me suis réfugié. Ma stratégie ne peut que les déconcerter : dans le genre, c'est un petit chef-d'œuvre. Le cabriolet Opel bleu prussien me servira de cheval de Troie pour investir la citadelle ennemie. Moi, agent révolutionnaire par deux fois pris au dépourvu, j'étais en quelque sorte déguisé en H. de Heutz, revêtu de sa cuirasse bleue, muni de ses fausses identités et porteur de ses clés héraldiques. Et j'allais m'introduire, sous son espèce, dans le grand salon et tourner le dos, à mon tour, aux Dents du Midi qui, ce matin, s'illuminaient au-delà des grandes portes-fenêtres. Chose certaine, mon projet tient du défi en cela même qu'il peut sembler, selon la logique courante de notre métier, l'initiative contre-indiquée par excellence. Dans cette allure illogique réside toutefois sa qualité redoutable : c'est le contre-déguisement ! Oui, j'innove. Je ne me déguise plus en branche d'arbre, ni en promeneur inoffensif, ni en touriste bardé de caméras chargées ; je me déguise en victime du meurtre foudroyant que je vais commettre. Je prends sa place au volant d'une Opel bleue, je serai bientôt dans ses meubles : c'est tout juste si je ne me mets pas dans sa peau...

Pendant que je discourais ainsi sur certaines modalités pratiques de l'exécution de H. de Heutz alias Carl von Ryndt alias François-Marc de Saugy, la route de Coppet à Rolle me donnait une perception fugace de l'autre rive du lac, véritable archipel de rochers et de banquises noires. De l'autre côté, la France immobile courait vers l'embouchure d'un fleuve que je remontais à vive allure. Aussitôt que la route se dégageait un peu, je poussais le moteur à fond et je faisais hurler ses révolutions internes. De Rolle à Aubonne, d'Aubonne à Renens, j'ai roulé comme un grand. Puis, peu de temps après avoir quitté Renens en direction d'Échandens, j'ai aperçu, à travers les champs, la forme dentelée du château, camouflée à demi par un bouquet d'arbres : masse sombre, disproportionnée au petit village d'Échandens tout blotti autour de ce monstre énigmatique. J'ai rangé l'auto en douce sur l'accotement de la route ; j'ai même coupé le contact. En fait, j'avais le trac. Avant d'entrer en scène, j'étais soudain la proie d'une agitation incontrôlable. Une sainte frousse me retenait dans l'habitacle de l'Opel, alors même que je me trouvais dans une zone dangereuse, en un point où les gens de la région, n'importe qui, identifieraient la petite Opel bleue et se surprendraient de ne pas reconnaître son propriétaire au volant. Le cheval de Troie a galopé de nuit ; et moi, je rêvais de réaliser le même exploit en plein jour et par ce beau soleil. Pure folie ! Échandens c'est petit : tout le village serait au courant de la présence d'un inconnu dans son enceinte. Mon stratagème ressemblait singulièrement à la roulette russe.

Je me suis attardé, interminablement à cet endroit, non loin du château, plus près encore des premières maisons du village. Une émotion indéfinissable — à moins que ce ne soit la peur — me retenait là, à deux pas du danger, dans un état de somnolence : celle-ci, bien sûr, était un effet de la chaleur et de ma fatigue, plus encore que le symptôme de mon trac. Je restais là, inapte à brusquer l'événement, privé de la certitude aveuglante qui pousse à l'action. Je coulais dans une asthénie oblitérante comme dans un lit moelleux, sans opposer la moindre résistance à cette béatitude générale. Posté ainsi à la périphérie d'un champ de bataille, je ne surveillais rien d'autre que la progression de mon engourdissement et que ma dérive dans le fluide hypnotique du temps mort. Je demeurais immobile sous le toit surchauffé par le soleil, le regard perdu dans cette plaine soulevée dont on ne sait plus si elle est le versant du Jura ou celui des Préalpes. Je n'étais plus résolu à avancer sur cette route qui s'engouffre en coude dans Échandens ; j'étais incapable d'accommoder mon esprit sur un autre objet que la paralysie qui le gagnait.

Je n'avance plus. La commotion, à vrai dire, ne me frappe pas : son impact même se décompose en une infinité de césures dont l'amplitude grandit en même temps qu'augmente leur fréquence. La lenteur s'installe solennellement en moi avec des gestes surmultipliés et sous la forme d'une chute extasiée. Encerclé dans une coque d'acier, je suis immobile comme un prêtre védique ; et je m'attarde religieusement sur ma route, à deux pas de la scène où je dois apparaître. Je n'hésite pas, j'agonise plutôt comme si j'étais piqué par une noire cantharide. Rien ne survient plus à l'horizon : ni les Alpes fribourgeoises, ni les dômes du Jura, ni l'espoir de sortir indemne de toute cette affaire. Rien, pas même la certitude que dans un certain nombre de jours je pourrai circuler librement, marcher dans la foule au hasard entre les vitrines de chez Morgan et celles de la rue Peel. Non, je ne sais même pas si je pourrai flâner, à mon gré, pendant quelques heures ou pendant des jours, ne rien faire et improviser ma propre inaction, en choisir moi-même les modalités et le lieu : hésiter entre le Café Martin et le Beaver Club, prendre mon temps au bar du Holiday Inn entre un Cutty Sark et les yeux cernés de la femme que j'aime. L'hésitation même serait mouvement. Mais je ne bouge plus, je plane immobile, gorgé de souvenirs et d'incertitudes, dans une eau venimeuse. Rien ne défile plus comme au jour de notre fête nationale : mon pare-brise m'ouvre toujours la même tranche du plateau vaudois où se trouve un château où je ne vais pas. Et je garde entre lui et moi une distance égale à celle qui me sépare de notre chambre du 24 juin. Il fait aussi chaud en moi ce soir que dans la campagne étouffante d'Échandens et sur ce lit encombré de coussins où nous avons inauguré une saison tragique. Il fait aussi chaud en moi que ce soir-là, alors qu'un séisme secret faisait frissonner toute la ville dans nos deux corps convulsés. Je regarde immobile mon propre néant qui défile au passé ; immobile, je le suis comme le château d'Échandens que j'aperçois de ma place, immobile comme la neige qui ensevelissait notre premier baiser. Le réel autour de moi, en moi, me distance : mille cristaux éblouis se substituent à la fuite du temps. Je suis arrêté dans ma course. Rien n'avance, sinon ma main hypocrite sur le papier. Et de ce mouvement résiduaire qui s'éternise, j'induis l'oscillation cervicale qui le commande, onde larvaire qui survit imperceptiblement pendant le coma et le contredit, puisqu'elle contient le principe même de son contraire. Mon écriture courbée témoigne d'une genèse seconde qui, réduite à zéro, ne l'est pas tout à fait pour la seule raison que ma main ne s'arrête pas de courir. Donc, ma torpeur n'est rien qu'une mort subite et passagère. À partir du trajet vibratoire de ma main, je déduis qu'un fleuve démentiel se décharge dans ma veine céphalique et charrie, dans son tumulte, mes noms, toutes mes enfances, mes échecs et ce qui reste des nuits d'amour. Ce filet impur qui jaillit sur le papier me transporte tout entier, dans le désordre d'une fuite. Nil incertain qui cherche sa bouche, ce courant d'impulsion m'écrit sur le sable le long des pages qui me séparent encore du delta funèbre. En avant de moi, m'attendent les actes inédits : des châteaux, des femmes, des heures et des siècles ; m'attendent aussi des chapitres entiers sur la guérilla en plein Montréal et la chronique, suicide par suicide, de notre révolution hésitante.

Arrêté ici en bordure d'une route cantonale, dans cette campagne ruisselante de soleil et de sérénité, face à mes avenirs, couvert de honte et de passé défini, mais mû encore ne serait-ce que par le flot d'inconscience qui déferle, je décide, par décret révolutionnaire unilatéral, de mettre fin à l'ataraxie qui m'a cloué tout ce temps sur la banquette avant de la petite Opel bleue. Et si je ne distingue pas encore mon trajet futur, sinon peut-être dans l'image que m'en offre cette route qui s'incurve en direction du village d'Échandens et du château, je comprends qu'il me suffit de me remettre en mouvement et de suivre les courbes manuscrites pour réinventer mon récit. En fait, rien ne m'empêche désormais d'avoir déjà franchi la courte distance qui me séparait tantôt du château d'Échandens et de me poster à une fenêtre de cette chère prison d'époque (puisque, de toute façon, j'y suis), après avoir traversé le village sans voir un chat et mis l'auto dans le garage. Je viens aussi de faire le tour du propriétaire, Mauser en main, pour m'assurer qu'il n'y avait aucun fondé de pouvoir caché dans une des nombreuses pièces du château. Tout est désert ; et je n'ai détecté, pendant cette visite, un peu rapide il est vrai, aucun objet mystérieux : poste émetteur, micro ou système d'interphone. En redescendant l'escalier à vis en pierre de taille, j'ai pris la précaution d'ouvrir la porte intérieure qui conduit du hall d'entrée au garage. C'est en quelque sorte ma sortie de secours. Il me suffira donc, pour m'échapper en beauté, de passer par la porte étroite, d'aller actionner le levier de la porte à glissière du garage, de sauter prestement dans la petite Opel bleue et d'en tourner la clé de contact que j'ai laissée, à cet escient, engagée dans la bobine Neiman.

Cela me fait drôle de me trouver seul dans cette grande demeure. Dans chaque pièce que j'ai parcourue au galop, je n'ai pu m'empêcher de découvrir des objets d'art, plus ou moins mis en évidence. Je me trouve en ce moment dans le grand salon où, ce matin même, j'ai passé un mauvais moment avec H. de Heutz. Plus apte à regarder paisiblement ce qui m'entoure, je ne cesse d'admirer le buffet à deux corps Louis XIII. C'est une pièce vraiment remarquable : le corps supérieur, beaucoup plus étroit que son suppôt, s'ouvre par une seule porte à médaillon sur lequel figure un guerrier nu. Bois de cercueil ambré, cette surface ridée de bas-reliefs et de frises me séduit comme la peau d'une inconnue. J'ouvre la porte à médaillon qui grince en tournant sur sa queue de rat. Mais un bruit second se surimpressionne soudain à ce grincement. J'interromps mon geste : j'écoute. Car si l'autre bruit témoigne d'une présence ennemie dans les murs du château, il doit forcément être accompagné de bruits consécutifs dont la somme devrait m'indiquer la provenance ; à moins toutefois qu'on réponde à mon attente silencieuse par un effort de silence et qu'on cherche, d'autre part, à identifier le bruit strident que j'ai produit en faisant pivoter la porte à médaillon du buffet Louis XIII. Rien n'arrive. Et je m'empresse de mettre sur le compte d'une juste nervosité ma brève hallucination sonore. Je continue de faire tourner la porte : à l'intérieur du corps supérieur du buffet, il n'y a absolument rien. Étrange. J'ausculte le corps du guerrier nu : très beau ! J'admire sa forme élancée en équilibre instable et le port majestueux de sa tête. Contre qui se jette-t-il ainsi en brandissant, comme arme unique, sa lance à outrance ? Tout autour du médaillon, une frise sculptée tient lieu d'arc de triomphe au guerrier. Deux cariatides encadrent la porte à médaillon et donnent au corps supérieur du buffet l'aspect d'un tabernacle profane posé sur son autel. Le guerrier solitaire y est dieu. Oui, ce buffet est vraiment remarquable. Je demeure en extase devant sa masse close qui se tient à l'entrée du salon et que je n'avais même pas vue ce matin, car je lui tournais le dos pour faire face à H. de Heutz. Je laisse mes doigts frôler les bulbes lisses des cariatides et je caresse les vêtements sculptés de ce buffet vide. C'est ici vraiment que j'aimerais habiter. Cette profusion de meubles et d'objets, cet ensemble habité m'apparaît maintenant dans toute sa luminosité. Dire que H. de Heutz demeure ici ! Son histoire d'enfants abandonnés à Liège n'est qu'une imposture d'occasion, une sorte de monologue pris au hasard à partir de la première trame donnée (la mienne, en l'occurrence) et poussée jusqu'au bout de l'invraisemblance par mesure de vraisemblance, car, une fois engagé dans son inextricable épopée, comment pouvait-il changer d'intrigue ou de personnage sans m'armer résolument contre lui ?

Comme il doit faire bon habiter ici et disposer de cette grande pièce éclairée par la vallée du Rhône, pour se reposer de l'affreuse promiscuité urbaine. Ici, la vie ne doit plus être toujours le même acte répété avec lassitude et fatigue : c'est sûrement autre chose ! Voilà la grande armoire italienne que j'avais remarquée ce matin : quel chef-d'œuvre ! Ces anges en marqueterie m'enchantent : je les aime d'amour. Dehors le plein après-midi emplit tout d'une lumière aveuglante qui rend l'alpe diffuse, quand je la regarde par les portes-fenêtres tendues d'un mince rideau de mousseline. Je m'assois dans un fauteuil à l'officier, bas sur pattes, très confortable. Ainsi de ce point de vue en contre-plongée à grand angulaire, le salon où je me complais me semble encore plus séduisant. J'ai peine à ne pas me conformer à cet intérieur qui invite au repos. La furie qui m'a propulsé depuis Ouchy jusqu'à Château-d'Œx, du col des Mosses sur le pont Jean-Jacques Rousseau, des rues étroites de Carouge dans ce salon, puis d'Échandens à Genève et à Coppet, semble pour le moins inappropriée à ce décor charmeur que je regarde paresseusement. Je me laisse aller, sans danger d'ailleurs, puisque au moindre cliquetis de serrure, je n'ai que quelques pas à faire pour me retrouver à la porte du garage qui se trouve dans le hall, vis-à-vis de la porte de sortie. Je fais feu sur H. de Heutz et je bondis dans l'auto. Ce n'est qu'une question de rapidité et de précision, et là-dessus je suis sûr de moi.

Je peux donc me laisser aller un peu, à condition toutefois de ne jamais quitter le rez-de-chaussée. D'ailleurs depuis que j'ai inventorié les deux étages du dessus et que j'y ai obtenu la certitude qu'il n'y a personne au château, je peux donc, dans la paix de l'esprit, me poster dans ce grand salon que je continue d'habiter avec un plaisir inlassable. J'attends. C'est une simple question de temps. H. de Heutz et la femme blonde qui est venue le sauver ont dû d'abord encercler les alentours du château de la baronne de Staël, sûrs que je ne pouvais pas me rendre bien loin à pied. Après quelques patrouilles dans les parages, ils ont sans doute agrandi leur rayon de surveillance, sillonnant sans répit le village de Coppet ; du moins, un des deux l'a fait, pendant que l'autre était posté à la gare des Chemins de Fer Fédéraux. Avant même qu'ils arrivent à rajuster leurs méthodes de police, j'avais déjà eu le temps de traverser le bois voisin du château, de prendre quelques instants de répit sur le promontoire, avant de rejoindre la Grand-Rue et de m'asseoir à une table avec vue imprenable à l'Auberge des Émigrés. Au moment où H. de Heutz et cette femme opéraient un quadrillage intensif dans les alentours de Coppet, j'attaquais les crêpes fourrées avec un gratin d'emmenthal et je vidais un deuxième verre de Réserve du Vidôme. En choisissant de me restaurer dans un moment si peu indiqué pour la détente, j'ai déjoué les calculs de mon adversaire ; j'ai littéralement pulvérisé les théories les plus savantes qu'on peut édifier pour empiéger un fugitif qui se meut à l'intérieur d'une circonférence réduite. Le temps que j'ai pris pour savourer mon déjeuner à l'Auberge des Émigrés n'a fait qu'accroître leur mystification, tellement d'ailleurs qu'à la longue et de guerre lasse, H. de Heutz et son amie se sont sans doute rendus à l'évidence que j'étais rigoureusement insaisissable et sont retournés, sans échanger un mot, pour m'attendre à Genève à la place Simon-Goulart, croyant que j'atterrirais forcément là pour rentrer en possession de ma Volvo. Erreur ! Simon Goulart lui-même a le temps de ressusciter et la Banque Arabe de sauter en l'air avant que je retourne sur ce petit square encombré d'Alpes. Moi j'attends H. de Heutz assis dans ce fauteuil Louis XV qui me place juste au-dessus de la surface du lac que je vois briller au loin, à travers les rideaux-nuages. H. de Heutz me cherche, moi je l'attends. J'ai plus de chances de le rencontrer ici que lui de m'apercevoir sur un banc de la place Simon-Goulart. Je savoure ma position.

Plus je la regarde, plus je m'éprends de la commode en laque revêtue de dalmatiques et sur laquelle se déroule un combat entre deux soldats en armure, dans une fulgurance de bleus dégradés et de vermeil. Sur la commode, un livre relié en peau de chagrin, *Histoire de Jules César. Guerre civile,* par le colonel Stoffel, Casimir Delavigne éditeur, Paris 1876. Je prends le précieux exemplaire dans ma main et viens me rasseoir dans mon fauteuil, mais au lieu d'ouvrir le livre du colonel Stoffel, je détaille la somptueuse commode laquée, fasciné que je suis par ce combat violent et pourtant paisible qui orne ce meuble raffiné. Les deux guerriers, tendus l'un vers l'autre en des postures complémentaires, sont immobilisés par une sorte d'étreinte cruelle, duel à mort qui sert de revêtement lumineux au meuble sombre. Tout ici m'étonne. Chaque objet que H. de Heutz a choisi me séduit. Je remarque qu'il a accroché, juste au-dessus de la commode, une reproduction gravée, très rare, de *la Mort du général Wolfe* par Benjamin

West, dont l'original se trouve à la Grosvenor Gallery chez le marquis de Westminster. Cette gravure vaut maintenant plus cher que le grand tableau qui appartient au marquis de Westminster. C'est un véritable chef-d'œuvre que le peintre a tiré lui-même de son tableau : il en existe très peu d'exemplaires, dont celui du palais de Buckingham, celui du Musée de Québec et un autre qui appartient au prince Esterházy. H. de Heutz est un de ces êtres incroyables, millionnaire ou connaisseur, qui ne se trompe jamais. Cette réplique géniale de *la Mort du général Wolfe* que George III a déjà achetée quelques siècles avant que H. de Heutz ne fasse de même, me transporte ! D'ailleurs le luxe remarquable et le bon goût de ce château me hissent à un niveau de hantise qui m'était inconnu : le plaisir d'habiter une maison peut donc ressembler à la complaisance ébahie que j'éprouve dans ce salon ample et majestueux. H. de Heutz vit dans un univers second qui ne m'a jamais été accessible, tandis que je poursuis mon exil cahotique dans des hôtels que je n'habite jamais. À travers la croisée de la porte-fenêtre, le paysage surabondant s'étale jusqu'aux parois brumeuses de la France, de l'autre côté du lac. Ah ! vraiment je veux vivre ici, dans cette retraite empreinte de douceur et où s'exprime un vouloir-vivre antique qui ne s'est pas perdu ! Une puissance sûre d'elle-même se cache derrière ces signes immobiliers. Drapé dans ses époques et ses styles, ce salon se manifeste à moi de façon occulte. Oui, dans ces dorures effeuillées, dans la texture sombre de l'œuvre de Benjamin West et les lambris qui bordent le plancher à points de Hongrie, éclate une énigme troublante. Je cherche, entre la Régence et Henri II, parmi cette flambée de moulures festonnées et d'évocations, les composantes d'un homme que j'ai juré de tuer. Je déchiffre en vain la crypte lumineuse où il habite, mais la beauté de ce lieu m'emplit d'émotion.

H. de Heutz ne m'a jamais paru aussi mystérieux qu'en ce moment même, dans ce château qu'il hante élégamment. Mais l'homme que j'attends est-il bien l'agent ennemi que je dois faire disparaître froidement ? Cela me paraît incroyable, car l'homme qui demeure ici transcende avec éclat l'image que je me suis faite de ma victime. Autre chose que sa mission contre-révolutionnaire définit cet homme. Sa double identité est disproportionnée avec le rôle qu'il remplit : sa couverture a quelque chose d'exagéré qui inquiète à juste titre. Je suis aux prises avec un homme qui me dépasse. Celui qui a acheté ce buffet à deux corps, ce fauteuil à l'officier, la console aux deux guerriers et qui a accroché au mur du salon *la Mort du général Wolfe* de Benjamin West, est-il bien le faux spécialiste de Scipion l'Africain que je tenais en joue non loin du château de Coppet ? Mais si ce n'est pas H. de Heutz qui demeure ici (lui ou Carl von Ryndt ou même ce lamentable François-Marc de Saugy, qu'importe !) et qui couvre son espace vital de tous ces ornements, qui donc est l'autre ? Son partenaire, son chef peut-être ou bien la femme aux cheveux blonds — mais sont-ils vraiment blonds ? — que j'ai aperçue tout près de moi ? Comment savoir ? Chose certaine, K m'a mis sur une piste absolument étonnante : les indications qu'elle m'a données se révèlent troublantes, en tout cas. Je brûle maintenant de lui raconter tout ce qui m'est arrivé depuis hier et de lui décrire l'inoubliable secret de ce château perdu dans la campagne vaudoise. Mais avant tout, je dois tuer H. de Heutz proprement, sans hésiter et, aussitôt fait, dégager l'Opel bleue du garage, prendre à droite sur la route qui traverse le village, presser l'accélérateur à fond et me diriger vers Lausanne en prenant à gauche une fois rendu à la fourche de Bussigny.

Tandis que je contemple la commode en laque sur laquelle agonisent en couleurs fauves deux guerriers enlacés, je feuillette machinalement le livre du colonel Stoffel que je tenais dans ma main. Ce livre relié avec art porte en page de garde un ex-libris anonyme, ce que je n'ai jamais vu sauf, bien sûr, dans les papeteries où l'on vend des ex-libris où le nom du propriétaire est laissé en blanc. Mais ce n'est pas le cas de celui-ci, plus indéchiffrable qu'anonyme à vrai dire. À la place du nom du propriétaire, se trouve un dessin chargé qui s'enroule sur lui-même dans une série de boucles et de spires qui forment un nœud gordien, véritable agglomérat de plusieurs initiales surimprimées les unes sur les autres et selon tous les agencements graphiques possibles. Plus je plonge dans cette pieuvre emmêlée qui tient dans l'espace d'un timbre, plus me frappe le caractère prémédité de ce chef-d'œuvre de confusion. J'y dénombre une quantité incommensurable d'articulations ; et à mesure que je reconstitue les multiples agencements de ces lignes, je crois discerner des lettres de l'alphabet arabique. Il me semble reconnaître, dans ce nid d'entrelacs, les volutes et les empattements spiraloïdes

des majuscules enluminées qui débutent les sourates dans certains exemplaires persans du Coran. Pourtant, à force de scruter ce chiffre hermétique, je vois bien que, contre toutes les apparences, ce ne sont pas là des lettres de l'écriture arabe, mais les initiales mêmes de l'homme qui s'intéresse à l'*Histoire de Jules César. Guerre civile*, du colonel Stoffel. Entre cet ouvrage d'histoire militaire et la conférence que H. de Heutz a donnée hier soir à Genève sur la bataille de Genaba qui a opposé César aux braves Helvètes, il y a un lien incontestable, de même qu'il existe une corrélation probante entre l'homme qui habite ce château impossible et cet ex-libris faussement anonyme au fond duquel je cherche la clé d'une énigme. Il en est ainsi du château tout entier qui me mystifie non pas tellement en tant qu'habitacle, mais en tant que chiffre. Car ces coffres ciselés qui ne contiennent rien, ces médaillons qui reflètent des images de guerre et ce livre apparemment oublié qui raconte les combats de César, voilà autant d'initiales nouées inextricablement dans un fouillis hautain et fascinant. Tout cela porte une signature, celle de l'homme que j'attends.

Le plein après-midi s'écoule dans la campagne engourdie. J'en perçois l'éclat tamisé dans les portes-fenêtres à travers lesquelles je vois au loin les Alpes qui se désintègrent doucement dans les eaux bleuâtres du lac Léman. Immobile et vigilant, je fais le guet dans le camp ennemi. Revêtu des attributs ornementaires de H. de Heutz, entouré par les meubles qu'il a lui-même choisis et assis dans son fauteuil à l'officier non loin de *la Mort du général Wolfe*, je me suis constitué prisonnier de cet homme pour mieux l'approcher et enfin le tuer.

Je me demande bien dans quel repli a pu se dissimuler la femme blonde qui a été témoin de ma conversation de ce matin avec H. de Heutz. Dans le grand salon, c'est impraticable. Le seul endroit que je peux imaginer, c'est le hall d'entrée qui donne d'un côté sur l'entrée principale et de l'autre sur la porte du garage et l'escalier à vis qui conduit au premier. Quand je suis sorti du salon avec H. de Heutz à bout portant, c'est lui, de toute évidence, qui conduisait. Il m'a, ni plus ni moins, manœuvré en m'entraînant tout naturellement vers la porte principale. Et je n'ai même pas eu le flair de douter de sa probité comme guide, ni l'idée de jeter un coup d'œil vers l'autre extrémité du hall d'entrée ; mais l'aurais-je fait furtivement, de toute façon je n'aurais pas aperçu cette femme qui, par un simple mouvement de retrait, pouvait se rendre invisible, par exemple en se cachant derrière cette crédence massive qui se tient là. Elle a pu aisément se camoufler en se plaçant entre la crédence et l'ébrasement de la porte du garage. Je n'ai rien vu et je n'aurais pu rien voir. C'est à ce même endroit d'ailleurs, dans cette guérite de hasard, entre le meuble mithridatisé et la porte du garage, que je me posterai tout à l'heure à l'arrivée de H. de Heutz. Et si je veux devancer les événements, je n'ai qu'à surveiller l'entrée du parc, en me plaçant derrière ce larmier qui donne sur la façade du château et permet de voir entrer ou sortir une voiture. Entre le jour du larmier et la crédence, il n'y a que la largeur du hall, soit deux enjambées. Quand j'aurai vu l'auto de H. de Heutz s'arrêter tout près de l'entrée du château, je n'aurai qu'à franchir la largeur du hall pour me trouver derrière la crédence, prêt à ouvrir le feu sur l'ennemi. D'ici là, je n'ai pas grand-chose à faire, encore que ma liberté de mouvement se trouve réduite au rez-de-chaussée, plus précisément à l'intérieur d'une aire de vigie constituée par le triangle isocèle que je trace mentalement en tirant une ligne entre le larmier et la commode en laque aux guerriers enlacés, puis de la commode à la crédence et enfin de la crédence au larmier. Je peux donc évoluer très à l'aise dans cet espace euclidien, sans craindre d'être pris par surprise puisque de tous les points imaginables situés en dedans du triangle, je peux, en une fraction de seconde, rejoindre mon poste de tir, sur le flanc droit de la crédence. Je n'ai qu'à me prélasser en attendant H. de Heutz, alors même qu'il doit arpenter la place Simon-Goulart dans tous les sens, à telle enseigne même qu'il a pu attirer sur sa personne la suspicion d'un policier en faction, peut-être, ou encore la curiosité d'un caissier de la Banque Arabe. À force de flâner inconsidérément devant une banque, on risque bien de se faire inculper pour conspiration.

Mais j'ai mieux à faire que d'imaginer ce que H. de Heutz peut faire à Genève pendant que je l'attends dans son château d'Échandens, en arpentant le hall d'entrée et la zone prédéterminée du grand salon ; d'autant qu'à force d'imaginer mon adversaire dans une autre ville, je me prépare assez mal à son irruption subite. Je me suis suffisamment leurré au sujet de ses agissements jusqu'à présent. Avec lui, on ne sait jamais. Par conséquent, je dois me persuader de la totale imprévisibilité de H. de Heutz ; cela me tiendra plus en forme pour l'accueillir comme il convient que de passer mon temps, rêveusement, à le faire passer dans la grille assez défectueuse de mes intuitions. Ce que je perçois de lui ne sera toujours qu'une infime portion de sa puissance. Ses épiphanies me déconcertent et me prennent invariablement au dépourvu. L'impression qu'il produit sur moi neutralise ma capacité de riposter. Pétri d'invraisemblance, H. de Heutz se meut dans la sorcellerie et le mystère. Son arme engainée sur sa poitrine n'est qu'une formalité : il puise sa force dans une arme secrète qui n'est peut-être, en dernière analyse, qu'une contre-feinte. Le guerrier enchâssé dans le médaillon du buffet Louis XIII n'a d'autre armure que sa beauté ; et sa plus grande force est peut-être de se présenter nu devant l'ennemi. La relation qui s'est établie entre H. de Heutz et moi me laisse songeur, depuis que je me suis introduit de plein gré dans ce beau repaire qu'il habite.

Je m'interdis pour le moment de prospecter les deux étages supérieurs. Mais quelque chose me dit que si j'y procédais à une fouille scientifique, au lieu d'un examen hâtif comme je l'ai fait en entrant, j'y trouverais sûrement tout un arsenal de documents, peut-être même les photos de sa femme et de ses deux garçons, des ouvrages d'histoire romaine aussi, des débris de correspondances avec des inconnues qui ne signent jamais leurs lettres d'amour que d'une initiale. Mais à vrai dire, je ne trouverais rien d'autre. Car les preuves de ses activités contre-révolutionnaires, les témoignages probants de sa collusion avec la R.C.M.P. et de ses activités bancaires secrètes en Suisse, ces pièces à conviction, je ne les trouverais sûrement pas. Je connais trop H. de Heutz. Chez lui, tout document révélateur doit être chiffré avec la grille de Villerège et un contre-chiffre qui, par leur combinaison, confèrent une illisibilité à toute épreuve. Ni les initiales de la Gendarmerie royale, ni le sigle de la C.I.A., ni l'ombre d'un bordereau des comptes en banques où s'entassent les armes virtuelles de notre révolution, je ne trouverais absolument rien de cela ! En revanche, je perdrais une énergie inutile à décoder le plan des fortifications romaines de la bataille de Lerida ou l'inventaire du mobilier funéraire du grand pontife. Cette exhumation de dates et de noms ne m'apporterait rien, mais ajouterait à l'impression de non-sens que m'inflige tout ce qui entoure cet homme.

Ma montre s'est arrêtée à trois heures quinze. Je suis sûr pourtant qu'il est beaucoup plus tard, ne serait-ce qu'en me fiant au déclin du jour que je vois par les portes-fenêtres. Il n'y a pas d'horloge ici et je suis au cœur de la Suisse ! Comment savoir l'heure ? Cela m'importe, car je ne veux pas manquer mon rendez-vous à la terrasse de l'Hôtel d'Angleterre. Bah ! je n'ai qu'à utiliser le téléphone qui se trouve dans le hall et la demander au central ! Pourtant non ; il vaut mieux pas. Sait-on jamais ? L'appareil se trouve peut-être branché sur un standard spécial situé Dieu sait où. Ce serait donner l'alerte au quartier général de H. de Heutz. On n'est jamais trop prudent, surtout que, de nos jours, le téléphone est devenu une vraie place publique.

Je ne sais pas ce qui se passe en moi. Soudain j'ai des sueurs. Il me prend une envie folle d'éclater, de hurler aux loups et de donner des coups de pied sur les murs lambrissés. Une angoisse intolérable s'empare de moi : le temps qui me sépare de ma sentence m'épuise et me met hors de moi. Toute ma force coule de ma bouche en une hémorragie de blasphèmes et de cris. Enfin pourquoi dois-je éprouver de telles secousses devant le vide insensé que je ne suis plus capable d'affronter ? Je suis prisonnier ici ! Pourtant, je me suis librement glissé dans cette splendeur murée : je suis entré ici en tueur masqué. Mais soudain j'ai peur de ne jamais en sortir et que toutes les portes soient fermées à jamais. Mon propre avenir m'élance. Ce n'est plus une mélancolie passive qui me hante, mais la colère : rage folle, absolue, subite, presque sans objet ! J'ai envie de frapper au hasard, de trouer le guerrier nu d'une balle de revolver et de vider le restant du barillet dans le corps inférieur du buffet Louis XIII. La violence m'apaiserait un peu, il me semble : toute violence, n'importe quelle décharge de feu, toute forme d'éclat suivi d'un mouvement dans l'âme ! Tuer ! Tuer sans discernement et sans hésitation. Je suis hors de moi. Il me semble que je ne pourrai jamais plus sortir d'ici. Et tandis que l'après-midi lumineux oblique vers la Barre des Écrins, je suis enfermé avec mon mobilier funéraire.

H. de Heutz n'arrive toujours pas, mais le temps passe, lui ! Bientôt — mais quand exactement ? — il sera l'heure d'aller rejoindre K. Je ne peux absolument pas manquer ce rendez-vous, car je n'ai pas la force d'affronter le vide qui m'attend si je ne revois pas K. Toute ma vie chancelle soudain sur la grande aiguille d'une horloge, et je n'ai pas l'heure ! Je sens seulement que je vais m'effondrer, si je ne suis pas en vue de la façade de l'Hôtel d'Angleterre à six heures et demie.

Peut-être suis-je emmuré ici pour tout le week-end, vraiment empiégé dans un cachot festonné, incapable de m'en évader ? Ce n'est pas possible pourtant ! Je refuse de continuer à vivre en subissant de tels accès de fureur. J'ai peur. Je trouve mille raisons de me calmer, pourtant cela ne m'apaise pas. J'ai peur parce que je suis seul et abandonné. Personne ne vient à moi, personne ne peut me rejoindre. Et qui, d'ailleurs, sait que je suis dans ce château, armé et mandaté pour abattre un homme et pour l'attendre indéfiniment ? Des murailles se dressent autour de mon corps, des fers captent mon élan et cernent mon cœur : je suis devenu ce révolutionnaire voué à la tristesse et à l'inutile éclatement de sa rage d'enfant. Mon destin, enrobé d'un tissu de Damas et couvert de meubles imaginaires, se referme sur moi impitoyablement. C'est affreux de se retrouver aussi dépourvu, dans un château sonore et après seulement quelques heures de vertige, mais combien de minutes et de siècles à venir ? Je n'ai plus de force. J'avais donc édifié toute mon existence sur ce peu d'âme. Je me désintègre en éclats désordonnés. L'écoulement désastreux du temps et de ma puissance me fait frémir. Je suis sans ressource au milieu de cette galerie d'emblèmes oniriques. Rien ne m'accroche plus à celui qui hante cette maison. J'attends. Ah ! je vendrais mon âme pour savoir quand cessera cette attente, à quelle heure précise je pourrai m'évader d'ici dans une poussière triomphale, et engager l'Opel bleue sur la route en direction de l'Hôtel d'Angleterre. Le vide qui m'entoure semble émaner de mon existence démantelée. La révolution m'a mangé. Rien ne subsiste en moi hors de mon attente et de ma lassitude. Que l'événement se produise ! Qu'il ne m'abandonne pas aussi longtemps à moi-même dans ce château insaisissable ! Oui, que l'événement m'emplisse à nouveau et se substitue à ma fatigue... Je veux vivre foudroyé, sans répit et sans une seule minute de silence ! Enfanter le tumulte, m'emplir de guerre et de conjuration, me consumer dans les préparatifs interminables d'un combat, tel sera mon avenir !

Dans cet espace encombré des souvenirs de H. de Heutz, je suis la proie d'un courant d'impulsion qui m'emplit de terreur et d'enfance. Sous l'assaut de cette décharge ténébreuse, je cesse d'être un homme. Les larmes anciennes vont couler de mes yeux. Trois jours de réclusion dans un motel totémique n'ont pas vidé toutes les larmes de mon corps. Mes échecs ne m'ont pas durci. Seule la progression impétueuse de la révolution m'engendre à nouveau. Tout à l'heure à six heures trente, dans le fond de la vallée alpestre, c'est la révolution qui m'emportera vers la femme que j'aime. C'est la révolution qui nous a unis dans un lit géant juste au-dessus du fleuve natal, comme elle nous a réunis, après douze mois de séparation, dans une chambre de l'Hôtel d'Angleterre... Ah ! je n'en peux plus de ce musée obscur où je m'éternise, guerrier nu et désemparé ! J'attends H. de Heutz la mort dans l'âme. La mémoire bancaire se fêle et fond dans la noirceur des larmes. L'acte tant attendu finit par sembler impossible. La violence m'a brisé avant que j'aie le temps de la répandre. Je n'ai plus d'énergie ; ma propre désolation m'écrase. J'agonise sans style, comme mes frères anciens de Saint-Eustache. Je suis un peuple défait qui marche en désordre dans les rues qui passent en dessous de notre couche...

Comment me parer du vent froid qui m'engourdit et nommer le mal indéfini qui me fait chanceler ? Mon amour, à moi ! J'ai peur de ne pas me rendre jusqu'au bout ; je fléchis. Tu me détesteras si tu apprends ma faiblesse, la voici quand même, l'inévitable face de ma lâcheté ! Le cœur me manque. Incertaine, la révolution me flétrit : ce n'est pas moi qui suis indigne, c'est elle qui me trahit et m'abandonne ! Ah, que l'événement survienne enfin et engendre ce chaos qui m'est vie ! Éclate événement, fais mentir ma lâcheté, détrompe-moi ! Vite, car je suis sur le point de céder à la fatigue historique... Je me tiens ici, sans ennemi et sans raison, loin de la violence matricielle, loin de la rive éblouissante du fleuve. J'ai besoin de H. de Heutz. S'il n'arrive pas, que vais-je devenir ? Quand il n'est pas devant moi, en personne, j'oublie que je veux le tuer et je ne ressens plus la nécessité aveuglante de notre entreprise. Cet intervalle dans un château finira par avoir raison de moi. L'acte solitaire s'embrume avec la progression invérifiable de cet après-midi perdu. Nul projet ne résiste à l'obscuration implacable de l'attente. Quelle heure est-il ? Je ne sais toujours pas.

Un chaînon manque au protocole meurtrier qui doit me ramener à la terrasse de l'Hôtel d'Angleterre : le cadavre de H. de Heutz. Sans lui, je reste échoué dans son château qui m'est détresse. Tout doit survenir dans cet espace encombré de meubles, que j'explore sans cesse. La porte s'ouvrira : je l'aurai pressenti au déclic de la serrure. H. de Heutz mettra le pied sans le savoir sur notre champ de bataille, dans cette zone étroite qui sépare mon point de tir du seuil de la grande porte.

Et si H. de Heutz ne revenait pas ? Et si la révolution ne venait jamais bouleverser nos existences ? Qu'adviendrait-il de nous, alors ? Et qu'aurions-nous à nous raconter ce soir à six heures et demie quand nous nous reverrons à la terrasse de l'Hôtel d'Angleterre ?

Je me demande si j'ai bien fait de partir le premier dans le bois de Coppet, alors que je tenais H. de Heutz devant moi. J'aurais mieux fait de l'obliger à marcher devant moi vers le milieu de l'espace boisé. De cette façon, il n'aurait pas tenté de m'échapper : un seul geste de sa part et je tirais. Et après, j'aurais pu fuir à travers le bois jusqu'au promontoire et dévaler le sentier qui m'a conduit à cette petite place, enfiler la Grand-Rue jusqu'à l'Auberge des Émigrés où je me serais offert l'excellent déjeuner arrosé des vins blancs des cantons de Vaud et du Valais : et même, pour fêter ma victoire, j'aurais sûrement prolongé ce repas par deux ou trois rasades de Williamine des coteaux d'Hérémence, tout près d'Évolène et de ce chalet valaisan que je rêve d'acheter un jour pour y abriter notre amour. J'ai fait une erreur certaine en me sauvant à l'apparition de la femme blonde qui venait au secours de H. de Heutz et qui n'a pas cessé de me suivre tout au long de mon trajet d'Échandens à Genève et de la place Simon-Goulart jusqu'à cette petite route qui tourne en coude après le château de Coppet. Cela ne fait aucun doute : j'ai perdu l'initiative à ce moment et, dès lors, le temps que j'avais gagné auparavant a commencé de se tourner contre moi. Les coordonnées de l'intrigue se sont emmêlées. J'ai perdu le fil de mon histoire, et me voici rendu au milieu d'un chapitre que je ne sais plus comment finir.

Dehors la saison pleine décroît. En un seul après-midi, c'est tout l'été qui m'échappe et se tourne majestueusement vers l'occident. La tristesse du temps en allé se mêle à mon indécision et m'alanguit. Ce n'est pas seulement la belle saison qui court vers les Grandes Jorasses, mais ma jeunesse et notre histoire qui a commencé un printemps sur la route d'Acton Vale à Richmond quand nous allions à ce rendez-vous clandestin et alors que le soleil décadent effleurait d'une lueur tragique les derniers vestiges de la neige qui était tombée doucement, en même temps que nous, dans le premier lit où nous nous sommes aimés.

L'histoire de la révolution de notre pays s'emmêle dans celle de nos étreintes éperdues et de nos nuits d'amour. Les premiers éclats du F.L.Q. ont lié nos vies. Partout ensemble, nus mais secrets, unis à nos frères dans la révolution et le silence, c'est dans l'odeur de la poudre que nous avons appris les gestes exaltés de la volupté et le cri. Champ de tir démesuré, le sol enneigé de notre pays nous raconte notre amour. Les noms impurs de nos villes redisent l'infinie conquête que j'ai réapprise en te conquérant, mon amour, par mes caresses imprécises délirantes et des jeux de mort. Ton pays natal m'engendre révolutionnaire : sur ton étendue lyrique, je me couche et je vis. Au fond de ton ventre de nuit, je frappe en m'évanouissant de joie, et je trouve la terre meurtrie et chaude de notre invention nationale. Mon amour, tu m'es sol natal que je prends à pleines mains, sol obscur fuyant que je féconde et où je me bats à mourir, inventeur orgueilleux d'une guérilla infinie. Sur cette route des Cantons de l'Est, entre Acton Vale et Richmond, tout près de Durham-Sud, et partout où nous sommes allés à Saint-Zotique-de-Kostka, aux Éboulements, à Rimouski, à Sherbrooke, à La Malbaie pendant trois jours et trois nuits, à Saint-Eustache et à Saint-Denis, nous n'avons jamais cessé de préparer la guerre de notre libération, mêlant notre intimité délivrée au secret terrible de la nation qui éclate, la violence armée à celle des heures que nous avons passées à nous aimer. Enlacés éblouis dans un pays en détresse, nous avons roulé en un seul baiser, d'un bout à l'autre de notre lit enneigé. Ce n'est pas l'évasion que nous avons cherchée de ville en ville, mais la fraternité absolue de la révolution. Ce n'est pas la solitude qui a nourri notre passion, mais de sentir un fleuve de frères marcher tout près de nous et se préparer maladroitement au combat. Le bruit de leurs pas martelait nos fureurs, et leur tristesse gonflait nos corps. Pendant que mes doigts froissaient ta robe, nous avons écouté leurs respirations nombreuses. Notre amour décalque, en son déroulement, le calendrier noir de la révolution que j'attends follement, que j'appelle de ton nom ! Notre amour prépare une insurrection, nos nuits de baisers et de délire sont des étapes fulgurantes d'événements à venir. En même temps que nous cédons au spasme de la nuit, nos frères sont terrassés par le même événement sacrilège qui fond nos deux corps en une synthèse lyrique.

Pendant que le soleil incline vers mon échéance et que la lumière diminue dans la vallée, je m'épuise, entouré de meubles vides et de silence, inquiet, presque enclin au spleen, car je suis loin des vallonnements de Durham-Sud et des méandres de la rivière Saint-François, exilé de La Nation et de ma vie. Je circule dans l'ample musée de ma clandestinité, loin de la proclamation d'indépendance du Bas-Canada et de la plaine fertile qui s'étend entre Saint-Charles et Saint-Ours, loin, trop loin de la route 22 que nous avons parcourue de nuit sous la pluie battante. Je n'entends pas d'ici les *Bouzoukia* de la rue Prince-Arthur, ni l'orchestre antillais de Pointe-Claire. Et je ne vois plus la neige qui n'a pas fini de tomber sur notre enfance, comme elle enveloppe éternellement les Aiguilles Rouges et les Dents sombres du Midi.

Le duel à mort entre les deux guerriers de laque a pris soudain les teintes fauves de la peur. La surface qu'ils occupent se couvre de reflets funèbres. Le double de Ferragus habite ici. Ces meubles ciselés avec art, ces cercueils sculptés ou recouverts de marqueterie et *la Mort du général Wolfe* indiquent l'identité redoutable du maître des lieux. Celui qui se meut dans la splendeur sarcophale de cette demeure et qui connaît le chiffre de l'ex-libris de l'*Histoire de César* et l'énigme dans laquelle je m'enroule, cet homme m'échappe infiniment ! L'auteur de ce cryptogramme de fausses rencontres et d'ambiguïtés me cherche plus encore que je ne l'ai poursuivi. Une obsession trouble m'incorpore à sa fugacité. Pendant qu'il me cherche, je glisse mon arme sous son armure : je découvre son flanc nu et sa chair étale de guerrier. C'est sa peau même que je touche de mes doigts fébriles quand j'effleure le velours de Gênes qui revêt la texture indécente de sa présence réelle qui m'est révélée par la surface voilée du guerrier nu. Notre rencontre évitée tant de fois progresse selon des mensurations inédites. Plus il m'échappe, plus je me rapproche de lui. Et si la plaine où nous nous déplaçons semble s'agrandir entre l'Arve et la Sarine, le lieu de notre prochain rendez-vous s'est concentré entre la crédence Henri II et la porte à deux vantaux, champ de bataille réel bordé au sud par la grande armoire italienne et la commode de laque, et au nord par la cimaise qui longe le hall depuis le porte d'entrée jusqu'à la retombée de plafond sous laquelle se trouve la porte déjà ouverte qui communique avec le garage, et par où je partirai. Depuis hier soir je poursuis H. de Heutz. Je sens enfin que je suis sur le point de me trouver de nouveau face à lui. Je demeure assis dans son fauteuil à l'officier, au centre même de son existence ; secrètement je suis entré en lui, me mêlant indistinctement aux guerriers qui revêtent ses meubles et au général Wolfe qui agonise devant Québec.

C'est lui ! Le vrombissement sourd d'une auto, un froissement de gravier dans l'entrée ; c'est lui ! De mon point de surveillance derrière le larmier, j'aperçois le train arrière d'une auto grise à indicatif du canton de Zurich. En fait, je suis arrivé trop tard pour voir l'auto entrer dans la cour du château, tant pis ! Ce n'est pas le moment de me poser des questions à propos de tout et de rien. Je passe à l'action ; je traverse le hall pour rejoindre mon point d'attaque. Je presse de ma main la crosse du revolver que j'ai gardé dans ma ceinture. Et je m'adosse au mur froid du château, mon épaule à la hauteur d'une grappe de raisins sculptée, en haut-relief, sur la crédence qui me cache entièrement. H. de Heutz va bientôt ouvrir la porte à deux vantaux. À ma droite, je vois le garage par où je gagnerai instantanément l'instrument de ma fuite. Le temps est venu. Aucun bruit ne témoigne encore que H. de Heutz est rendu sous le porche. Je n'entends strictement rien, et cela n'est pas sans m'inquiéter. J'aurais mieux fait d'ouvrir le jour du larmier, ce qui m'aurait permis d'entendre ce qui se passe dehors ; peut-être même aurais-je pu incliner le volet supérieur de la porte pour percevoir clairement les bruits prémonitoires de l'irruption de l'ennemi dans mon champ de tir. Mais je ne bouge plus. Les extrémités de mes doigts sont glacées par la poussée effrénée du sang à mes tempes. Pas un geste, pas de bruit non plus, même pas celui de ma respiration. Tout est silence. L'attente me tient dans une verticalité frissonnante. Très doucement, je sors le 45 de sa gaine improvisée. Avec des gestes précis, je le place à la hauteur de ma poitrine, canon pointé vers la grappe de raisins en vieux bois. Je dégage le cran d'arrêt, et voilà, je n'ai plus qu'à attendre quelques secondes. Je n'essaierai nullement de rester caché pour tirer sur H. de Heutz, car ma position derrière la crédence n'offre pas assez de garanties d'efficacité. Je sortirai d'un bond hors de mon repli, et je profiterai de l'effet de surprise produit sur H. de Heutz pour stabiliser ma position d'attaque, équilibrer ma main armée par mon poing gauche tendu et rigoureusement parallèle au bras de lance. Somme toute, je dois me concentrer sur la mire du canon et ne penser qu'à ma cible, sans me préoccuper de parer un tir de riposte que H. de Heutz n'aura pas le temps d'ouvrir.

Mais qu'est-ce qu'il peut bien faire ? Le temps qu'il faut pour se rendre de l'auto grise à la porte s'est écoulé ; pourtant je n'entends rien. Il est trop tard pour traverser le hall à nouveau et jeter un coup d'œil par le larmier. S'il me surprenait ainsi, je me trouverais déséquilibré au départ et ayant perdu les quelques fractions de seconde qui assurent mon avantage et sans lesquelles je serais moins certain de bien viser H. de Heutz. Je n'ai pas de second choix à faire, depuis que j'ai délimité ce champ de bataille après avoir analysé la conformation de l'espace. Quelle heure peut-il bien être ? L'air se déplace d'un coup ! Il est entré, mais n'a pas encore refermé la porte. Il fait deux pas. Il n'a toujours pas refermé la porte ; peut-être attend-il que l'autre le rejoigne. Mais pourquoi s'arrête-t-il ? Le bruit cristallin du téléphone me rassure. Rien ne s'est encore passé entre nous. H. de Heutz ne bougera pas aussi longtemps que durera sa conversation téléphonique. Si son correspondant ne répond pas à l'autre bout, j'interviens tout de suite.

— Allo, c'est toi mon amour ? J'arrive seulement. J'ai passé une journée incroyable... Tu ne peux pas savoir ; je te raconterai tout ça plus tard. De ton côté, est-ce qu'il y a du neuf ?... Tu crois que je peux me fier à lui ?... Mais non, je ne l'ai jamais vu, j'en suis sûr. Sais-tu, j'aimerais te rencontrer pour mettre toute cette affaire au point, tu me comprends ?... Ce soir, enfin tout à l'heure : le temps qu'il me faut pour me rendre. Disons à six heures trente à la terrasse de l'Hôtel d'Angleterre... Mais il faut absolument que je te voie : c'est urgent. L'autre, tu peux sûrement le remettre ou régler cela en quelques minutes... Écoute : je m'installerai à une table tout près de l'orchestre, de toute façon il ne me connaît pas. Quand tu en auras fini avec lui, tu viendras me rejoindre... Il faut que tu comprennes. Je n'en peux plus, mon amour. Toute cette histoire tourne très mal pour moi. J'ai peur ; oui, je redoute le pire... Il faut absolument que je te voie tout à l'heure... Écoute : n'oublie surtout pas la couleur du papier et le code, tu comprends ? Tu trouveras cela dans le récit de la bataille d'Uxellodunum par Stoffel, page 218... Maintenant, dis-moi : où sont les enfants ?

Je n'entends plus rien. Sa voix s'aggrave dans mon souvenir, tandis que le vaudaire souffle dans mes cheveux et que j'erre seul autour du Château d'Ouchy. Sous l'eau assombrie du lac, mon proche orient coule vers la prison de Montréal. Je m'attarde sur la rive enchantée. Je regarde la gradation étagée des rues de Lausanne, qu'une nuit nous avons parcourues de haut en bas depuis la place de la Riponne jusqu'au quai d'Ouchy, en descendant la rue des Escaliers-du-Marché qui serpente, pavée, sur un des bras séchés de la Thièle. La ville maintenant est tout illuminée ; l'autre nuit elle s'éteignait dans l'aube augurale qui coulait de notre lit. Le château d'Échandens s'oblitère dans l'eau sombre, tandis que je me promène et que je longe, pour la millième fois, la terrasse de l'Hôtel d'Angleterre. Il s'est passé peu de temps entre le moment où j'ai quitté le château de H. de Heutz et celui où je suis arrivé à la terrasse de l'Hôtel d'Angleterre, mais en retard, pour y rencontrer K. Elle était partie. Il commence déjà à faire nuit ; un orchestre, installé à l'extrémité de la terrasse, attaque les premiers accords de *Desafinado.* Des passants sont groupés sur le trottoir pour écouter. Il faut dire aussi que la terrasse est pleine de clients, débordante. Encore une fois, je m'approche des tables et je regarde tous ces visages qui ne me disent rien. K n'est pas là, mais je reviens quand même — sait-on jamais ? — car elle pourrait revenir. *Desafinado* me fait chavirer dans l'évidence cruelle : j'ai perdu mon amour ! Et je ne sais même pas comment la retracer en Suisse : elle devait peut-être, dès ce soir, repartir pour Berne ou Zurich. Comment la rejoindre ? Je ne connais pas sa couverture ni celle de son bureau. Je reste là hébété, dévisageant avec tristesse toute cette foule insouciante, et tous ces amoureux dont les genoux se frôlent sous les tables et qui se sont rejoints, eux. Ils sont nombreux. Je ne puis m'empêcher de leur reconnaître une beauté merveilleuse du seul fait qu'ils sont réunis, tandis que j'arrive ici trop tard pour rejoindre la femme que j'ai tenue dans mes bras hier, à l'approche du jour, derrière ces volets clos qui surplombent l'orchestre et toute la vallée du Rhône. Oui, c'est juste là, dans cette chambre que je regarde fixement que nous nous sommes aimés. Que c'était merveilleux ! K, nue et chaude, s'est étendue près de moi... Vraiment nous étions beaux enchaînés l'un à l'autre, réunis enfin après tant de malentendus et de mois perdus. Déjà, en d'autres temps, j'ai aimé des femmes, j'ai cru les aimer, mais tous mes souvenirs se sont fondus dans le ventre brûlant de K.

Je me tiens debout, près de la terrasse, tournant le dos aux Alpes de Savoie qui se déplacent dans l'ombre, et je sais que j'ai perdu la femme que j'aime. J'ai vécu pour la rencontrer et je meurs inutilement d'amour. Où es-tu mon amour ? Pourquoi nous sommes-nous quittés après l'aube incandescente qui a jailli de notre étreinte ? Pourquoi, sur le bord du lac ajourné, avons-nous réinventé cette révolution qui nous a brisés, puis réunis et qui me paraît impossible, ce soir même, alors que je fais le guet dans cette foule hantée et que l'orchestre joue *Desafinado* ? La révolution souterraine nous brise une fois de plus, au fond de notre exil, sur la terrasse de cet Hôtel d'Angleterre que j'aime et où je loge infiniment comme le poète mort à Missolonghi. Mon amour, tu es belle, plus belle vraiment que toutes ces femmes que je dévisage avec méthode. Ta beauté éclate de puissance et de joie. Ton corps nu me redit que je suis né à la vraie vie et que je désire follement ce que j'aime. Tes cheveux blonds ressemblent au fleuve noir qui coule dans mon dos et me cerne. Je t'aime telle que tu m'es apparue l'autre nuit, quand je marchais vers la place de la Riponne, pleine et invincible ; et je t'aime tumultueuse quand tu cries nos plaisirs. Je t'aime drapée de noir ou d'écarlate, enrobée de safran, couverte d'un voile blanc, vêtue de paroles et transfigurée par le choc sombre de nos deux corps. Le vaudaire qui emmêle tendrement tes cheveux blonds m'apporte l'odeur de ta chair, mais où es-tu ? Ce vent secret vient-il du lac ou bien de la plaine chaude d'Échandens d'où j'arrive moi aussi, mais trop tard ? Ah ! je délire maintenant que je t'ai perdue ! J'ai le sentiment de frôler ta peau moite et de m'enivrer de ton odeur secrète. Je me souviens aussi d'un appel interurbain que j'ai fait du Lord Simcoe, à Toronto ; et je me sens de nouveau menacé dans cette chambre funèbre où je suis emprisonné par la nausée et la terreur. Quelque chose vient de se briser : l'interruption vient de se produire et je ne sais plus comment te parler. Je voudrais te dire : viens, suis-moi, nous vivrons ensemble, mais j'ai quarante-huit dollars dans mon porte-monnaie, même pas de quoi te payer un aller sur le prochain vol pour Malton. Les événements ont raison de nous et me brisent en mille morceaux disjoints. Je deviens bègue dans ce lit du Lord Simcoe. Toronto s'engloutit dans l'amnésie adriatique. Tu t'éclipses et personne ne m'a dit qu'un jour à Lausanne... Combien se passera-t-il de mois avant que je te retrouve, mon amour, et au fond de quelle ville que je ne connais pas encore où nous aura exilés le futur incertain ? La prochaine fois, mais après combien d'angoisses nouvelles et de nuits perdues ? je te rencontrerai peut-être à Babylone, le long de *Rashid Avenue* ou bien au pays de ce cher Hamidou (de qui j'ai perdu trace), dans la médina de Dakar, à moins que ce ne soit sous une moustiquaire de l'Hôtel N'Gor ; dans Alger peut-être ou encore à Carthage, près du palais présidentiel de Bourguiba... Il se peut aussi que je ne te rencontre jamais plus.

Je me tiens immobile au milieu de cette foule hagarde qui attend notre apparition fulgurante à la fenêtre de la chambre. Mais tu n'es pas là... Ce soir même, je commence ma vie sans toi. Depuis que je sais que je t'ai perdue, je vieillis vertigineusement. Ma jeunesse s'enfuit avec toi : des siècles et des siècles sont gravés sur mon corps inerte. Les gens me regardent, sans doute à cause de cette érosion soudaine qui s'imprime sur mon visage, et peut-être aussi parce que je pleure. Notre histoire finit mal en moi. Il fait noir. Tout meurt si je t'ai perdue, mon amour. Je marche parmi cette foule heureuse qui m'exaspère. Ce n'est pas toi qui m'abandonnes, c'est la vie. Ce n'est sûrement pas toi, n'est-ce pas ? On ne voit rien sur le lac : une nuit absolue m'abrite et s'installe entre nous définitivement.

Je marche en pays étranger comme un homme qui vient de te perdre après t'avoir retrouvée par hasard et dans la joie, dans une rue de Lausanne et au fond d'un lit romantique à l'Hôtel d'Angleterre. J'entends au loin les accords de *Desafinado*, pendant que je m'éloigne de la terrasse d'Angleterre sans même me retourner. Je n'ai plus de pays, on m'a oublié. Les Alpes déchirées, dont j'aperçois la crénelure sombre de l'autre côté du lac, ne m'ensorcèlent plus. Ce que nous avons aimé ensemble n'a plus de sens, même la vie. Même la guerre hélas ! depuis que j'ai perdu contact avec ta chair souveraine, toi mon seul pays ! J'habite désormais la nuit glaciaire. Je ne possède rien, sinon une arme devenue dérisoire et des souvenirs qui me désamorcent. Où es-tu mon amour ? Les arbres gonflés de noirceur se dressent autour du Château d'Ouchy et le long du quai où nous avons flâné tous les deux, à la tombée du jour. C'était hier soir. Au loin, je perçois un bruit confus de musique désaccordée et de foule rieuse. Je n'ai pas tué H. de Heutz. Je me demande même par quelle coïncidence bouleversante il voulait lui aussi se rendre à la terrasse de l'Hôtel d'Angleterre à six heures trente pour y rencontrer une femme — la blonde, peut-être ? à qui il a parlé au téléphone. Mais il ne se rendra jamais à son rendez-vous. À moins peut-être qu'il n'arrive en retard, comme moi. Car si j'ai logé une balle dans son épaule, il a peut-être trouvé le moyen de se faire panser, puis de prendre l'auto grise à indicatif du canton de Zurich en la conduisant d'un seul bras, pour se rendre à Ouchy. À l'instant même, il arrrive peut-être devant la terrasse bruyante que je viens de quitter.

Cette supposition me dérange. Je reviens sur mes pas. S'il est là, je veux le revoir, mais surtout je veux voir la blonde inconnue à qui il a donné rendez-vous par téléphone, juste avant notre échange de coups de feu. Je presse le pas. Je retourne sûrement en vain, car cette femme blonde s'est lassée d'attendre H. de Heutz. Elle est partie. Et H. de Heutz sera seul et désemparé, lui aussi. L'animation est toujours aussi grande sur la terrasse ; les passants s'arrêtent pour écouter une musique qui ne me dit rien. Je reviens une fois de plus vers l'Hôtel d'Angleterre, avec l'espoir immotivé d'y retrouver K qui, elle aussi peut-être et par désespoir, est revenue à la terrasse en espérant que mon absence n'ait été qu'un retard. Des couples d'amoureux enlacés par la taille se promènent nonchalamment tout près de la rive du lac, projetant leur émotion dans le paysage insondable qui m'emplit de désolation. Me voici sur le trottoir, du côté des hôtels riverains qui regardent le lac. Je m'approche de la terrasse de l'Hôtel d'Angleterre, le cœur battant. Je bouscule les gens qui m'empêchent de voir. Je regarde tous les visages. Je scrute le fond de la terrasse. Tout près de l'orchestre, j'aperçois une chevelure blonde. Qui est-ce ? Son visage m'est dérobé. Elle parle à un homme, mais ce n'est pas H. de Heutz. Je balaie du regard ce quadrilatère surpeuplé : toutes les femmes blondes arrêtent mon attention, mais ce n'est jamais toi ! On pourrait croire que Lausanne n'enfante que des blondes. Je n'en ai jamais vu un si grand nombre. Mais décidément, K est absente. J'espère en vain ; je meurs mille fois à mesure que mon regard découvre une tête blonde. Ah ! j'ai toujours vécu, comme en ce moment, à la limite de l'intolérable... Ce soir, toutes ces chevelures blondes me font mal, car toi tu n'es pas là et je te cherche désespérément. Je constate que c'est peine perdue : il n'y a plus aucun signe de ma vie antérieure sur la terrasse enchantée de cet hôtel. C'est à croire que je n'y suis jamais venu avec K, que je cède à l'empire d'une belle hallucination et que l'Hôtel d'Angleterre n'existe que dans mon cerveau consumé, à la manière du château vaudois où j'ai passé ma vie à attendre un certain banquier qui s'occupe des guerres africaines de César et abandonne ses deux fils à Liège pour dévaliser toutes les banques de Suisse ! Je délire silencieusement au milieu du vacarme de cette terrasse emplie de gens qui m'observent comme un intrus. Je décide de me rendre au bureau de l'hôtel. J'ai de la difficulté à naviguer entre les tables, j'accroche tout le monde, je bute partout.

Immédiatement, le commis à la réception me reconnaît et me gratifie d'un large sourire.

— Tenez Monsieur (et il se souvient de mon nom), j'ai un message pour vous. Madame m'a prié de vous le remettre ; elle m'a dit que vous passeriez ici, de toute façon.

Le commis stylé me tend un pli cacheté, en papier bleu, adressé à personne.

— Si vous désirez une chambre pour cette nuit, je puis vous en offrir une avec vue sur le lac, celle-là même que vous avez occupée hier. Elle se trouve libre encore.

— Non, merci...

— Au revoir, Monsieur...

De mes mains tremblantes, je décachète ce papier bleu, alors que je suis encore dans le hall. Je reconnais la belle écriture de K et je lis son dernier message : « Le patron a reçu un visiteur imprévu cet après-midi. Une affaire incroyable que je te raconterai bientôt. Opérations bancaires subitement bouleversées. Je pars ce soir pour le nord ; le patron, lui, va visiter des amis sur la Côte d'Azur. Quels que soient les résultats de ta démarche auprès du président de la banque, j'imagine que tu rentreras à Montréal pour voir à nos intérêts là-bas. Reviens. K. » En post-scriptum, elle a ajouté deux lignes : « Hamidou D. te fait ses amitiés. Le monde est petit... »

Il s'est passé bien peu de temps entre ma promenade solitaire sur le bord du Léman et mon arrestation en plein été dans Montréal. Après la lecture du message de K, tout s'est précipité en une succession désordonnée : mon départ de Lausanne, la mise à feu des quatre moteurs Rolls Royce du DC8 de Swissair, le survol en boucle de la chaîne du Jura, le néant céleste interminable puis le passage des douanes fédérales à l'aéroport de Dorval. Somme toute, il ne s'est rien passé entre ce départ et mon atterrissage forcé, sinon le temps que cela prend pour passer d'une ville à l'autre en super-réacté. À Montréal, je suis d'abord retourné au 267 ouest, rue Sherbrooke. J'y ai retrouvé quelques chemises Hathaway à col échancré, des livres disposés çà et là et un sentiment aigu d'être de retour. Pendant ce temps, K se trouvait quelque part dans la brume hanséatique à Anvers ou Brême. Elle n'était pas avec moi ; j'étais redevenu un homme seul et privé d'amour. J'ai parcouru les journaux ; je n'y ai rien trouvé au sujet de nos « intérêts ». D'une cabine téléphonique, j'ai tenté de rejoindre mon contact : la téléphoniste (enregistrée) m'a dit et redit que le service était interrompu à ce numéro. Bon. Quoi faire ? En y réfléchissant et pour me réadapter plus vite, j'ai marché interminablement. Bien sûr, je pouvais risquer de procéder irrégulièrement, étant donné que je n'avais plus le moyen de téléphoner à mon contact. C'était un risque à prendre ; après tout, il fallait bien que j'établisse une liaison avec un des membres du réseau. J'ai décidé de m'adresser à M en personne par téléphone. À ce moment-là, je flânais sur l'avenue des Pins à la hauteur du Mayfair Hospital : je suis redescendu par l'escalier de la rue Drummond, puis je me suis rendu au Piccadilly pour prendre un King's Ransom. Après quoi, je me suis dirigé vers les cabines qui se trouvent face au bureau de Québecair, dans le hall de l'hôtel, et j'ai composé le numéro de M. Nous avons tenu des propos abracadabrants pour les policiers de la R.C.M.P. qui sont affectés aux tables d'écoute, mais qui avaient un sens pour nous deux : c'est ainsi que j'ai appris, par ce langage hypercodé, que notre réseau avait été court-circuité par l'escouade anti-terroriste et que plusieurs agents en étaient à leur vingtième jour de détention à la prison de Montréal et, jamais deux sans trois, que l'argent recueilli par nos spécialistes du prélèvement fiscal faisait maintenant partie du budget consolidé du gouvernement central. Désastre, en conclusion, auquel M avait échappé par miracle. Troublé par ces révélations amphibologiques, j'ai bu un autre King's Ransom au bar du Piccadilly. Le lendemain, j'ai vidé mon compte d'épargne à la Toronto-Dominion Bank, 500 ouest, rue Saint-Jacques. J'ai empoché cent vingt-trois dollars en tout, de quoi vivre huit jours sans luxe. De la cabine téléphonique extérieure, en face de Nesbitt Thomson, j'ai fait un autre appel à M, tel que convenu. Nous avons pris rendez-vous à midi juste dans la nef latérale de l'église Notre-Dame, tout près du tombeau de Jean-Jacques Olier ; bien sûr, nous n'avons évoqué ni le nom de cet illustre abbé, ni proféré celui de l'ancienne église dont le presbytère est contigu à la Bourse de Montréal.

Il était exactement onze heures quand je suis sorti de la cabine vitrée. Et comme j'avais une heure à tuer, je suis descendu, par la rue Saint-François-Xavier, jusqu'à la rue Craig, et je suis entré chez Menndellsohn. J'adore cet endroit ; quand j'y pénètre, j'ai toujours le pressentiment que je vais découvrir la montre de poche du général Colborne ou le revolver avec lequel Papineau aurait mieux fait de se suicider. J'ai d'abord admiré, sur ma gauche en entrant, la collection d'épées et de sabres, dont un cimeterre turc que j'aurais aimé pendre au-dessus de mon lit. Mais je savais, d'expérience, que le prix de leurs armes blanches est en général surélevé ; d'ailleurs, je connais le commis, il est intraitable. Il n'y a pas d'aubaine à faire avec lui. Je suis allé regarder les casques ; j'ai été tout particulièrement frappé par un armet Henri II, objet vétuste et d'un galbe vraiment impressionnant. On en demandait quarante dollars ; bien sûr, en marchandant un peu, je l'aurais eu à un prix moindre. Mais cela aurait quand même été une extravagance de ma part, étant donné ce qui me restait en poche. D'ailleurs, qu'est-ce que j'aurais fait de ce casque ? A côté, tout près, il y avait un bras d'armure au complet : gantelet, cubitière et brassard. C'était une pièce du XVIe siècle, assez difficile à identifier, mais d'un gabarit étonnant. Ce bras disjoint, trempé dans le fer noir, avait une présence tragique et ressemblait au membre amputé d'un héros. Si je l'avais accroché au mur de l'appartement, je n'aurais pu le regarder sans éprouver un frisson. Pour fuir l'empressement du commis préposé aux armures, je suis revenu à l'avant de la boutique où se trouvent alignées, en vitrine, un nombre incroyable de montres de poche et de pièces d'horlogerie. Ces vieilles montres de poche m'ont toujours fasciné : j'aime aussi leurs boîtiers dorés à double volet, couverts d'arabesques et des initiales gravées de leurs anciens propriétaires. J'en ai regardé plusieurs, histoire de passer le temps. Finalement, j'ai avisé une montre de poche, en or terni mais finement ciselé au chiffre d'un mort anonyme. Ma décision était prise : j'ai sorti un billet de dix dollars. Mais le commis m'a rappelé qu'il fallait ajouter à cela le prix de la chaîne, ce qui faisait en tout douze dollars soixante-quinze. Bah ! ce n'était pas exorbitant ; et j'avais vraiment envie de posséder une montre de poche pour mesurer le temps perdu. Le boîtier, fait en Angleterre, contenait un mouvement suisse qui tournait avec une régularité éternelle. Je disposai les aiguilles à l'heure juste : il était exactement onze heures quarante-cinq. Mon temps était venu.

J'ai retrouvé la rue Craig, à nouveau, puis j'ai enfilé la pente raide de la rue Saint-Urbain en direction de la Place d'Armes que j'ai traversée en diagonale. Avant d'entrer à l'église, j'ai acheté un journal. Comme d'habitude, j'ai pris soin de revenir sur mes pas, en zigzaguant un peu, pour conjurer toute possibilité d'être filé. Je suis entré dans l'édifice Aldred, au 707, pour en ressortir aussitôt par la porte de la rue Notre-Dame. J'ai traversé la rue Notre-Dame en courant et je me suis trouvé, après quelques enjambées sportives, dans l'obscurité de l'église.

Le silence à l'intérieur avait quelque chose de terrifiant : j'étais soudain pris à la gorge par le mystère de cette forêt obscure qui m'envoûtait. Mes pas résonnaient de tous côtés. Je me suis rendu jusqu'au croisillon, sans apercevoir personne dans ce temple désert, et sans entendre un seul autre bruit que l'écho multiplié de ma procession. Une pureté frémissante habitait ce lieu sacré. J'avais quelques secondes d'avance sur M ; en l'attendant, je me suis assis tout près de l'absidiole, abîmé dans le recueillement et la prière. Je me suis bien gardé de déplier mon journal, dans un excès de ferveur, alors même que je brûlais de l'éplucher rapidement pour voir si on y parlait des enquêtes préliminaires. Quand M a fait son apparition en venant de l'autel vers moi (Dieu sait comment !), j'ai réprimé un mouvement d'émotion. Tout s'est passé tellement vite. J'ai perçu un bruit sur ma doite : la porte d'un confessionnal s'est ouverte. J'ai aperçu un homme vêtu correctement qui s'est empressé vers moi. Un autre individu, à ce moment-là, a semblé surgir de la croisée du transept. Il avait aussi une allure respectable. M et moi nous avons eu le temps d'échanger un regard désespéré, mais pas un seul mot. Ils nous ont entraînés vers le porche. Nous sommes sortis par l'escalier de la rue Saint-Sulpice, les menottes aux poignets. Une voiture non identifiée attendait ; nous sommes montés derrière, selon les directives des policiers. Le reste m'est connu : événement informel qui n'a cessé de s'inaccomplir depuis trois mois, suite ininterrompue de flétrissures et d'humiliations qui m'emporte dans la densité mortuaire de l'écrit.

Prisonnier mis au secret, transféré sournoisement dans un institut, presque oublié, je suis seul. Le temps a fui et continue de s'en aller, tandis que je coule ici dans un plasma de mots. J'attends un procès dont je n'attends plus rien et une révolution qui me rendra tout... Ah ! comme j'ai hâte de courir à nouveau dans l'immensité désœuvrée de mon pays pour te voir en chair, toi mon amour, autrement que je te voie disparaître dans la frêle opacité du papier ! Où es-tu ? À Lausanne ou dans ton appartement de Tottenham Court Road ?...

Le temps interminable de l'emprisonnement me défait. Comment croire que je peux m'évader ? J'ai essayé mille fois d'en sortir : il n'y a rien à faire. Un joint manque infailliblement à ma séquence d'évasion. De fait, une fin logique manquera toujours à ce livre. À ma vie, c'est la violence armée qui manque et notre triomphe éperdu. Et je brûle d'ajouter ce chapitre final à mon histoire privée. J'étouffe ici, dans la contre-grille de la névrose, tandis que je m'enduis d'encre et que, par la vitre imperméable, je frôle tes jambes qui m'emprisonnent. Mes souvenirs humectés me hantent. Je marche à nouveau sur le quai d'Ouchy, entre le château fantôme et l'Hôtel d'Angleterre. L'échec me revient avec le courant de décharge des actes inachevés et des lambeaux d'Alpes inertes.

Quand je suis sorti en trombe du château d'Échandens, j'avais déjà tout gâché.

— ... je m'installerai à une table tout près de l'orchestre, de toute façon il ne me connaît pas. Quand tu auras fini avec lui, tu viendras me rejoindre... Il faut que tu comprennes. Je n'en peux plus, mon amour. Toute cette histoire tourne très mal pour moi. J'ai peur ; oui je redoute le pire. Il faut absolument que je te voie tout à l'heure...

Les mots d'ordre s'arrêtent dans sa bouche et m'emplissent d'un flot d'imprécision et de peur. Tout s'emmêle ; mon temps remémoré fuit défectueusement. Les gestes se désarticulent. Sur le point de bondir, j'attends interminablement le bon moment, le doigt appuyé sur la gâchette. D'un instant à l'autre, je vais sûrement trouver le mot qui me manque pour tirer sur H. de Heutz. Tout est mouvement ; pourtant je reste figé et j'attends, l'espace de quelques secondes, pour frapper juste.

— ... j'ai peur ; oui, je redoute le pire. Il faut absolument que je te voie tout à l'heure... Écoute : n'oublie surtout pas la couleur du papier et le code, tu comprends ? Tu trouveras cela dans le récit de la bataille d'Uxellodunum par Stoffel, page 218... Maintenant, dis-moi : où sont les enfants ?

À ces mots, j'ai bougé. Et au lieu de continuer à fond, j'ai brisé mon élan synergique : quelque chose a flanché en moi, mais H. de Heutz s'est aperçu de ma présence. Deux balles ont effleuré les moulures de la crédence Henri II, avant même que je me sois rétabli pour contre-attaquer. La fusillade intermittente qui s'est alors déroulée a rompu le rituel sacré de ma mise en scène : notre combat s'est accompli dans le désordre le plus honteux. J'ai la certitude d'avoir touché H. de Heutz au moins d'une balle ; mais je ne saurais affirmer que je l'ai tué. En vérité, je suis même certain de ne pas l'avoir tué ; d'ailleurs j'ignore même dans quelle partie du corps je l'ai blessé, car je me suis lancé vers la porte du garage sans me retourner. C'est alors que j'ai entendu l'autre détonation. Il s'est probablement écroulé par terre quand il a été frappé et c'est dans cette position qu'il a désespérément tenté de m'atteindre. À moins qu'il se soit accroupi derrière un meuble dans le seul but de se protéger et, par une telle feinte, m'obliger à me découvrir ? Chose certaine, j'ai franchi l'enceinte du château au volant de l'Opel bleue dans une finale enlevée et sans même protéger mes arrières. Après avoir raté tous mes effets, sauf ma fuite, je me suis retrouvé, au terme d'une course effrénée, devant la terrasse de l'Hôtel d'Angleterre. J'ai compris alors que ce n'est pas H. de Heutz que j'avais manqué, mais qu'en le manquant de peu, je venais de manquer mon rendez-vous et ma vie tout entière.

K était repartie et je ne disposais d'aucun moyen d'entrer en contact avec elle. Désemparé par son absence, j'étais brisé, désespéré comme il n'est pas permis de l'être quand on entreprend une révolution. Longtemps j'ai erré dans les alentours de la terrasse de l'Hôtel d'Angleterre, avec le sentiment d'avoir tout gâché. Au mieux, j'avais blessé H. de Heutz à l'épaule, mais à quel prix ! Me voici, défait comme un peuple, plus inutile que tous mes frères : je suis cet homme anéanti qui tourne en rond sur les rivages du lac Léman. Je m'étends sur la page abrahame et je me couche à plat ventre pour agoniser dans le sang des mots... À tous les événements qui se sont déroulés, je cherche une fin logique, sans la trouver ! Je brûle d'en finir et d'apposer un point final à mon passé indéfini.

La femme blonde qui gravitait autour de H. de Heutz me poursuit comme un cauchemar. Je ne l'ai pas vue de face ; à aucun moment je n'ai pu la regarder, si bien qu'il me serait impossible de l'identifier aujourd'hui. Le pouvoir qu'elle détient sur moi est aussi incertain qu'infini : je ne pourrai jamais la reconnaître. Elle m'est totalement inconnue. Et si je me mets à imaginer (mais cela ne tient pas debout !) que l'homme que j'ai tenté d'abattre dans un château seigneurial du canton de Vaud n'est pas H. de Heutz, je ne saurai jamais jusqu'où je me suis trompé, ni pourquoi cet homme m'a traité comme un ennemi. Non, cette hypothèse me conduit à l'inconnaissable pur, car je ne suis plus en mesure d'authentifier H. de Heutz...

Si K était avec moi, si je l'avais retrouvée comme convenu à six heures trente à la terrasse, si je lui avais fait une description de cet homme incroyable que j'ai troué d'une balle — près du cœur, je le souhaite ! —, elle me confirmerait que cet individu est bel et bien l'agent ennemi à triple identité, qui, à lui seul, pouvait faire échouer toutes nos opérations bancaires en Suisse. C'est sûr : K me dirait que c'est bien H. de Heutz que j'ai attendu trop longtemps à Échandens. Maintenant, je pourris entre quatre murs qui ne me rappellent ni le château vaudois de H. de Heutz, ni la chambre que nous avons habitée passionnément à l'Hôtel d'Angleterre.

Si je n'avais pas épuisé mes forces à attendre H. de Heutz, je l'aurais tué avec précision et, une fois revenu à Lausanne, j'aurais fait une proposition de travail à K ; je lui aurais demandé de me mettre en contact avec le patron de son organisation, Pierre, effectuant ainsi une conjonction profitable entre nos deux réseaux. J'aurais exposé clairement ma position à Pierre (que je n'ai jamais rencontré, d'ailleurs) ; et il ne fait aucun doute que nous serions arrivés à nous entendre sur le plan tactique. Avec son accord, j'aurais été à même de travailler continuellement en liaison avec K, ce qui veut dire qu'à Lausanne ou Genève ou Karlsruhe, partout ! nous aurions fait l'amour à l'aube dans des chambres que Byron a occupées avant de s'engager dans la révolution nationale des Grecs...

Mon retard à notre rendez-vous a été un désastre : dès cet instant, ma vie s'est fracturée. Je n'ai retrouvé, une fois revenu, qu'un message sibyllin que le commis à la réception m'a remis avec un sourire décourageant de greffier qui tend un *subpœna*. C'est curieux : je ne me suis même pas demandé si ce billet bleu n'était pas une machination ennemie dont le seul but était de précipiter mon retour à Montréal et, par voie de conséquence, ma capture dans une église. À aucun moment, je n'ai mis en doute l'authenticité de ce message ; et je ne me souviens pas de m'être préoccupé d'identifier le graphisme de K, tellement j'étais accablé. D'ailleurs, qui aurait pu me laisser un message cacheté à la réception de l'Hôtel d'Angleterre ? Personne ne savait que nous devions nous rencontrer à six heures trente à la terrasse. Absolument personne. Évidemment, l'allusion à Hamidou me laisse songeur : K le connaissait donc, mais comment pouvait-elle savoir que je le connaissais ? Et puis... plutôt que de céder à la démoralisation comme je le fais en ce moment, je préfère surseoir à l'analyse d'une suite d'événements dont je n'ai pas le pouvoir, maintenant, de reconstituer la logique causale. Je verrai clair dans tout cela plus tard, quand j'aurai retrouvé la femme que j'aime. D'ici là, je n'ai pas le droit de me questionner à propos de tout et de rien, car, ce faisant, j'obéis encore à H. de Heutz qui, tout au cours de cette affaire, a utilisé tous les moyens imaginables pour me faire douter. Je sens que chaque fois que je cède au désenchantement, je continue de lui obéir et de me conformer au plan démoniaque qu'il a ourdi contre moi.

Mais tout n'est pas dit. En tout cas, je dois demeurer invulnérable au doute et tenir bon au nom de ce qui est sacré, car je porte en moi le germe de la révolution. Je suis son tabernacle impur. Je suis une arche d'alliance et de désespoir, hélas, car j'ai perdu ! Je me sens fini ; mais tout ne finit pas en moi. Mon récit est interrompu, parce que je ne connais pas le premier mot du prochain épisode. Mais tout se résoudra en beauté. J'ai confiance aveuglément, même si je ne connais rien du chapitre suivant, mais rien, sinon qu'il m'attend et qu'il m'emportera dans un tourbillon. Tout les mots de la suite me prendront à la gorge ; l'antique sérénité de notre langue éclatera sous le choc du récit. Oui, l'invariance de ce qui se raconte subira la terreur impie ; des sigles révolutionnaires seront peinturés au fusil à longueur de pages. Depuis le 26 juillet des Cubains, j'agonise dans des draps stérilisés, tandis que s'estompent en moi, chaque jour un peu plus, les contreforts des Alpes qui cernaient nos baisers. Mais une certitude me vient de ce qui viendra. Déjà, je pressens les secousses intenables du prochain épisode. Ce que je n'ai pas écrit me fait trembler. Incertain de tout, je sais au moins que lorsque je me lèverai enfin de ce régime inachevé et de mon lit de prison, il ne me restera pas de temps pour m'égarer à nouveau dans mon récit, ni pour enchaîner la suite des événements dans un écrin de logique. Il sera déjà bien tard ; et je ne gaspillerai pas mon énergie à attendre le moment propice ou l'instant favorable. Il sera grand temps de frapper à bout portant, dans le dos si possible. Le temps sera venu de tuer et celui, délai plus impérieux encore, d'organiser la destruction selon les doctrines antiques de la discorde et les canons de la guérilla sans nom ! Il faudra remplacer les luttes parlementaires par la guerre à mort. Après deux siècles d'agonie, nous ferons éclater la violence déréglée, série ininterrompue d'attentats et d'ondes de choc, noire épellation d'un projet d'amour total...

Non, je ne finirai pas ce livre inédit : le dernier chapitre manque qui ne me laissera même pas le temps de l'écrire quand il surviendra. Ce jour-là, je n'aurai pas à prendre les minutes du temps perdu. Les pages s'écriront d'elles-mêmes à la mitraillette : les mots siffleront au-dessus de nos têtes, les phrases se fracasseront dans l'air...

Quand les combats seront terminés, la révolution continuera de s'opérer ; alors seulement, je trouverai peut-être le temps de mettre un point final à ce livre et de tuer H. de Heutz une fois pour toutes. L'événement se déroulera comme je l'avais prévu. H. de Heutz reviendra au château funèbre où j'ai perdu ma jeunesse. Mais, cette fois, je serai bien préparé à sa résurgence. Je ferai le guet accoudé au larmier. Lorsque la 300 SL gris fer à indicatif du canton de Zurich fera son apparition, elle me frappera comme une évidence et me conditionnera à l'action. D'abord je franchirai, sur la pointe des pieds, la distance entre le jour et la crédence Henri II, tout en dégageant le cran d'arrêt du revolver. Et aussitôt que j'aurai perçu le mouvement du pêne dans la serrure, H. de Heutz entrera en scène et se placera, sans le savoir, en plein dans ma mire. Je l'abattrai avant même qu'il atteigne le téléphone ; il mourra dans l'intuition fulgurante de son empiègement. Je me pencherai sur son cadavre pour savoir l'heure exacte à sa montre-bracelet et apprendre, du coup, qu'il me reste assez de temps pour me rendre d'Échandens à Ouchy. Voilà comment j'arriverai à ma conclusion. Oui, je sortirai vainqueur de mon intrigue, tuant H. de Heutz avec placidité pour me précipiter vers toi, mon amour, et clore mon récit par une apothéose. Tout finira dans la splendeur secrète de ton ventre peuplé d'Alpes muqueuses et de neiges éternelles. Oui, voilà le dénouement de l'histoire : puisque tout a une fin, j'irai retrouver la femme qui m'attend toujours à la terrasse de l'Hôtel d'Angleterre. C'est ce que je dirai dans la dernière phrase du roman. Et, quelques lignes plus bas, j'inscrirai en lettres majuscules le mot :

F I N.

CET OUVRAGE
A ÉTÉ COMPOSÉ PAR
MÉGATEXTE INC. (MONTRÉAL)

ACHEVÉ D'IMPRIMER
EN JUILLET 1996
SUR LES PRESSES DE L'IMPRIMERIE AGMV

CAP-SAINT-IGNACE (QUÉBEC)

POUR LE COMPTE
DE LEMÉAC ÉDITEUR

DÉPÔT LÉGAL
1re ÉDITION : DÉCEMBRE 1991
(ÉD. 01/IMP. 03)